Crimes tropicais

Copyright do texto © 2009 Ricardo Alcântara
Copyright da edição © 2009 Escrituras Editora

Todos os direitos desta edição reservados à
Escrituras Editora e Distribuidora de Livros Ltda.
Rua Maestro Callia, 123
Vila Mariana – São Paulo, SP – 04012-100
Tel.: (11) 5904-4499 – Fax.: (11) 5904-4495
escrituras@escrituras.com.br
www.escrituras.com.br

Editor
Raimundo Gadelha
Coordenação editorial
Mariana Cardoso
Assistente editorial
Ravi Macario
Revisão
Alexandre Teotonio
Projeto gráfico
Ricardo Alcântara
Foto da capa
Mayer George Vladimirovich
Impressão
Corprint

Dados Internacionais de Catalogação na Publicação (CIP)
(Câmara Brasileira do Livro, SP, Brasil)

Alcântara, Ricardo
  Crimes tropicais / Ricardo Alcântara. –
São Paulo: Escrituras Editora, 2009.

  ISBN 978-85-7531-355-8

  1. Romance brasileiro I. Título.

09-12394   CDD-869.93

Índices para catálogo sistemático:
1. Romances: Literatura brasileira   869.93

Este projeto é apoiado pela Secretaria de Cultura do Estado do Ceará
(Lei nº 13.811, de 20 de agosto de 2006).

Impresso no Brasil   Obra em conformidade com o Acordo
Printed in Brazil   Ortográfico da Língua Portuguesa

Crimes
Ricardo Alcântara
tropicais

escrituras
São Paulo, 2009

*Para Alexandre e Giovana.
Pelo amor, puro destino.*

"Consegui fazer desaparecer no meu espírito toda a esperança humana (...) Me estendi na lama. Fui me secar no ar do crime".

Artur Rimbaud,
Uma temporada no inferno

Sangue ruim

A matéria desceu às 19h30. Trazia à opinião pública outros indícios mais de corrupção envolvendo Samuel Bertín, embaixador de Santacruz em Madri. Quanto mais o diplomata dava explicações, mais alto se erguia sob os seus pés o cadafalso. Publicada no dia seguinte, a reportagem seria o prenúncio da forca. Alguém mais nesse país passaria o final de semana desempregado, além de mim.

Fernando Casaverde, meu editor no Jornal da República, agradeceu, lacônico, "pela colaboração", ao saber da minha decisão de "deixar a casa". Para minha surpresa e, confesso, decepção ainda maior, ele não insistiu. Desejou "boa sorte" e agradeceu "por tudo". E só.

Naquela noite, não atravessei a rua para dividir uma mesa de chopp com os colegas de redação no Filhos da Pauta, barzinho próximo à esquina com a Rua dos Açores, onde era possível saborear a melhor farofa de cuscuz com linguiça da cidade e relaxar, depois de um dia de trabalho, falando de trabalho com colegas de trabalho.

Como sempre o fazia, e o fiz muitas vezes quando queria ficar só, fui jantar um espaguete na cantina Tomazzo, meu refúgio secreto, sem o risco de encontrar um conhecido.

Antes de seguir, ainda lancei um olhar para a fachada do prédio, acima da marquise, onde brilhavam em letras de acrílico opaco: "Jornal da República".

Deixava para trás "um ótimo emprego", segundo dissera minha mulher à mãe dela, inconformada ao telefone, somando forças para mais uma ameaça de divórcio contra o marido que decidira – agora, prá valer – escrever em publicações menores e dedicar mais tempo à literatura.

O convite veio em boa hora. Ana Rita Günter era proprietária do semanário Plural, lançamento recente do mercado editorial, e me queria em sua equipe. Naquele ano, enquanto comemoravam uma década no poder, os militares já ensaiavam manobras discretas de retirada, negociada com as lideranças dos partidos políticos proscritos. Apesar dos percalços, tudo fazia crer, o país iria às urnas para eleger um civil à presidência.

Retirados os censores de dentro das redações, a cada dia surgiam novas publicações. "Fazer um jornal" era a primeira providência de qualquer grupo com pretensões de influir no processo de distensão política. Poucos, porém, passaram do terceiro número.

A "nova imprensa" tinha em comum a franca oposição ao regime militar. Sobrevivia com a venda de exemplares, só. Os mais lidos conseguiam pagar redatores e gráfica, garantia de edição para o próximo número.

Ao contrário da maioria dos "independentes", o Plural não contava com o suporte financeiro e logístico das organizações comunistas que atuavam na clandestinidade.

O "jornal da Ana", como era chamado no meio, exercia uma influência mais ampla por sua linha editorial diversificada, daí o nome, Plural, de resto, uma provocação.

Deu-me a prerrogativa de sugerir uma linha para o trabalho. Tinha já uma proposta pronta a lhe oferecer e a coloquei à mesa.

Ouviu atentamente. Ao fim, disse o suficiente:
– Adorei a ideia. Vamos nessa!

A "ideia" era simples. A cada edição, traçaria o perfil de um personagem. Eles teriam, em comum, a origem humilde e o patrimônio construído à margem da legalidade. Gente com talento para mover-se à margem, mas sob proteção de agentes do poder formal.

A série lançaria à luz a imagem de uns tipos "sangue ruim", sem sobrenome ou herança, servidores da casta dos bem-nascidos e guardiães de seus interesses, não pelas vias prescritas da subserviência, mas pela cumplicidade transgressiva. Eram fornecedores do serviço vil que precisava ser feito, mas não poderia ser nominado.

Sexo sem exigências ou reciprocidades, para todos os favores. Fortunas surgidas assim, do nada. Complacência com o crime mediante a contrapartida de benesses. Suborno, extorsão, mimos. O hímen das filhas, o resultado do futebol, a biografia de qualquer um. Conheciam o preço de todos.

Havia, entre essa gente e a elite, a celebração de um pacto que definia, com total clareza, quem era o "lado mais fraco": sobre aqueles a culpa sempre recairia, tantas vezes quantas houvesse, de algum modo, de tudo aquilo em que a sociedade exigisse mínima reparação. Estariam ali para pagar a conta, caso fossem a ela apresentados.

A ideia era isso. Ana gostou. Disse "vá em frente". Eu fui.

Havia muito a revelar à superfície do arquipélago. Nenhum fato narrado seria ficção. Nenhum personagem, real. Faria "ficção jornalística", gênero, como o termo sugere, arbitrário. Narraria os fatos com livre combinação de elementos, suficiente para desfigurar os sujeitos reais, inspiradores das tramas.

Pensava, por exemplo, dar a conhecimento público episódios de transgressões cometidas em favor do conforto e segurança dos bem-nascidos por gente graduada na qualificada escola da má conduta, à margem de restrições legais criadas não para atender ao interesse comum, mas para proteger seus privilégios de classe – leis obrigatórias para a vassalagem, mas prescindível ao comportamento dos senhores.

Pretendia começar a série de reportagens por algo de maior impacto. O mais explosivo dos meus personagens seria construído sobre o molde de Maria Luiza Braga – a lendária Marilu.

A profissão ordinária

– Que profissão ordinária! Você não conseguiu ser outra coisa na vida, não? – disse e bateu o telefone na minha cara.

Havia me apresentado como jornalista. Não parecia uma boa referência para ela, só então me dei conta. Por um detalhe, o ultraje fora ainda mais humilhante: o desaforo vinha de uma cafetina, a maior de todas, dado o nível de seus clientes, homens de poder e popularidade.

Advertido então de sua aversão aos holofotes, armei o cerco. Listei pessoas de seu relacionamento, hábitos de rotina e gostos pessoais. Pretendia contar com o favor dos seus clientes, mas eram os menos interessados em dar notoriedade aos serviços dela. Ouvi desaforos. Aquelas pessoas não dispensariam o tratamento a um jornalista, se não sentissem a ameaça em flancos vulneráveis de sua biografia.

Apelei em seguida para o seu séquito de assistentes – cabeleireiros, costureiros, ginecologistas. Sempre o mesmo "não". Saí algumas vezes com uma garota do seu elenco e dela até recebi a promessa de um encontro, logo desfeita: "Nunca. Esqueça o assunto". A *girl* quase perde o emprego.

Tentara de tudo. Já me dava por vencido, quando o acaso cuidou de fechar o circuito. O advogado Alfredo Godoy julgava dever parte da sua reputação a um gesto meu e fazia questão de mostrar-se agradecido não apenas quando nos encontrávamos por acaso, mas também não se esquecia de mencionar o fato quando encontrava um amigo em comum.

Havia menção ao nome dele em sondagens da redação sobre relações promíscuas entre algumas bancas de defesa e gente denunciada à Justiça por envolvimento com o crime organizado. Alfredo não tinha nada a ver com aquilo. Seus métodos eram outros. Confrontado com os fatos por amigos comuns, fiz ver aos colegas de redação a inocência dele no caso. Fiz apenas o meu serviço. Se havia favor, era menor.

Procurei checar a informação. O próprio Alfredo me confirmou. Daria agora a ele a oportunidade de retribuir a atenção. Fui ao seu encontro, tão logo descobri a cafetina em sua seleta carteira de clientes.

Ao fim, percebeu a importância do seu empenho:

– Nossa, Lino, até parece que você vai entrevistar o Papa!

– Deixe Sua Santidade de fora disso – ironizei – Não há paralelo moral.

– Mas ambos devem ao pecado os seus empregos.

Nos dias seguintes, os recados se acumularam sobre a mesa da secretária dele sem a gentileza de um retorno. Um dia, toca o telefone.

Ainda me vendeu caro o favor:

– Demorou, mas consegui! Ela vai recebê-lo.

Recebeu, sim, e bem. Ao fim, colaborou bastante.

A lei do menor esforço

Alfredo deve tê-la orientado. Acertados os termos do acordo, ficamos assim: nada de nomes, ela seria fonte única e leria a versão final antes da publicação. Passamos a nos encontrar num apartamento do Gran Caribe Hotel, um edifício antigo e charmoso, ligeiramente decadente, com fachada em *art déco*, logo no final da Rua dos Ourives. A zona já tivera sua fase de glamour no circuito boêmio, mas se tornara, desde os tempos da "crise do petróleo", uma área pouco movimentada de Belo Cais.

Estava ali, a menina pobre, criada nos canaviais de Sal, Ilha do Sul, fruto indesejado da aventura extraconjugal de sua mãe, lavradora de vida modesta, com o proprietário das terras onde moravam. A nenhum deles interessava admitir a origem paterna da criança. Ao marido de sua mãe nada mais restou, senão resignar-se com o adultério, mas não queria a criança em casa.

Tão logo nasceu, Maria Luiza foi entregue à irmã mais velha da mãe, dona Ada. A mãe a via quando encontrava tempo para visitá-la. Já não eram ocasiões frequentes, no início, pois o marido quase sempre dava um jeito de impedir os encontros da mulher com a filha indesejada. Com o tempo, foram tornando-se cada vez mais raras suas visitas.

A menina viveu pouco tempo sob os cuidados de Ada. Somente até os quinze anos de idade. A tia a expulsou de casa quando, furiosa, a encontrou nua, nos braços do seu marido, Joaquim, numa vereda do canavial da fazenda onde moravam.

Era um flagrante tardio. Joaquim, a quem a mocinha chamava de "painho", já a bolinava desde os oito anos de idade. Era o brinquedinho do padrasto, para quem perdera a virgindade aos doze anos.

A família "ajeitou as coisas". A mocinha passou a morar com a irmã de Joaquim na periferia da cosmopolita Sinay, capital de Ilhas do Meio, principal centro turístico do país, onde estão os maiores hotéis e as praias mais procuradas. Era, fora da capital Palmeiras, o metro quadrado mais caro do país.

Era o circuito turístico de Sinay um ambiente sob medida para o acesso de garotas bonitas, mas de origem pobre, à prostituição, mais ainda para algumas, como ela, com o quadro agravado por conflitos familiares.

"No início, era um bico, mera viração", me disse ela, mas, aplicada a lei do menor esforço, não demorou a largar a escola técnica, onde buscava formação como guia turístico, e partir para o mercado informal do prazer. Ganhava com três clientes em um único fim de semana o equivalente ao salário mensal pago por dez horas diárias de trabalho nos melhores hotéis. Fez as contas. Caiu na vida.

Sinta este prazer

Quando entrou na Troptour, agência de turismo indicada por amigos, o napolitano Agnelo não havia decidido ainda para onde viajaria nas férias, dali a duas semanas. Os trópicos, certamente, mas onde? Um pequeno folheto, oferecido pelo funcionário da agência, esgotaria as dúvidas do motorista de caminhão de meia-idade, desquitado e ávido por resgatar em aventuras idílicas o tempo de vida "perdido nas estradas".

O folheto trazia na capa uma foto de três jovens mulheres, duas morenas e uma negra, todas de costas. Trajavam biquínis minúsculos, exibindo curvas glúteas pronunciadas e largos sorrisos, naquele estereotipado estilo "foda-me, *please*", promessa de acesso fácil a sexo sem limite. Ao fundo, como um apelo secundário, a imagem de Praia Cristal, de areias branquíssimas e águas transparentes. A paisagem era mero detalhe. As bundas, sim, o argumento incontornável.

O texto do *folder* oferecia, por dois mil dólares, uma semana de sete noites em hotel quatro estrelas com direito a translado do aeroporto e café da manhã, farto nos variados itens da culinária local. À foto de capa com as três garotas, acompanhava a frase "Santacruz: sinta este prazer", senha para um atrativo fator de decisão: sexo para todos.

Quando Agnelo desembarcou no aeroporto de Sinay acompanhado de outros dois amigos, todos de meia-idade, Marilu estava à espera, já então uma especialista em encaminhar turistas à companhia dócil de garotas aptas a cumprir promessas publicitárias. "Santacruz: sinta esse prazer".

Papai Noel

O monitoramento do voo *charter* que trouxe Agnelo ao arquipélago era conhecido pelos agentes federais como "Operação Papai Noel" pois, segundo os policiais, seus passageiros "adoravam criancinhas". Isso porque a grande maioria dos casos de denúncias de pedofilia e abuso de menores, envolvendo parceiros estrangeiros, estava relacionada a passageiros provenientes daquele voo das tardes de terça.

Durante o período de frio no Velho Mundo, chegavam ao arquipélago milhares deles, em grande parte homens solteiros, atendidos por uma rede complexa de serviços profissionais – de agências de turismo a casas de massagem, garçons e taxistas, hotéis e *dancings* – toda ela dirigida para o assim chamado "Prostiturismo". O termo dispensa explicações.

Já naquela época, Marilu era um quadro qualificado. Recepcionava turistas no aeroporto e os encaminhava para hospedagem, orientando-os quanto aos passeios já programados e locais de encontro com as garotas. Levava pelo serviço de dez a quinze por cento. A melhor opção de estadia eram os *flats*, apartamentos particulares com serviços convencionais de hotel, quase sempre de propriedade de estrangeiros, menos acessíveis ao controle policial.

Quando Agnelo e seus amigos chegaram ao *hall* estreito e calorento do aeroporto, ela segurava, à altura do peito, um cartazete com seus nomes.

Procurou ser gentil com uma pergunta de praxe:
– Buongiorno! Avete avuto un buon viaggio?

Agnelo olhou em volta e, sem *buongiornos*, devolveu com mais uma pergunta:
– Onde estão as outras?

À mesa

Não se passou mais de um ano entre o desembarque de Marilu em Sinay e a primeira noite de sexo pago. Mal pago. Queria sentar-se à mesa do Caribar, restaurante de vocação boêmia, onde qualquer motivo era suficiente para permanecer aberto por mais algumas horas. Queria comer o que aquela gente comia e, se possível, beber com eles. Passava em frente todo dia, a caminho da Escola Técnica. Invejava o bom humor e o espírito de realização pessoal dos seus frequentadores. Sonhava ser um deles, por uma noite, ao menos.

Sentia tesão. Como podia ser com qualquer um, cogitava tirar vantagem disso. Uma noite, ainda cedo, postou-se em frente ao Caribar com sua figura noviça, a carne dura e bem distribuída por dentro de uma roupa mínima. Não demorou. Gostou porque era jovem, o parceiro de iniciação. Comeram pouco e beberam o suficiente. Foram ao motel mais próximo.

No dia seguinte – vida fácil é isso aí – fez três programas e comprou um *walkman*. O aparelho de som portátil

reproduzia, a partir de fitas magnéticas com o uso de *headphones*, um desejo de consumo dos jovens de sua geração.
Virou rotina. Noite chegando, colocava o *walkman* preso a uma mini-saia insinuante e descia a ladeira da Misericórdia até a calçada larga da orla, na avenida Praia Grande. Os clientes passavam em seus automóveis a velocidade lenta, conferindo em detalhes as garotas da calçada.
– Dou o que tenho, recebo o que preciso. – era o modo simples como definia a motivação de sua escolha.

Moça mexida

Chegava cedo, a tempo de tomar café-da-manhã. Naquele dia, Romildo, de guardanapo preso ao colarinho para não manchar a gravata, sorvia com pressa uma xícara de café-com-leite. Nem se dera a atenção de olhar para ela. Já de saída, paletó e pasta numa mão, a outra segurando a filha Candice, a caminho da escola, disse a ela:
– Encontrou meio de vida, Marilu? Muito bem. Você tem dois dias para se mudar daqui.
Tinha pouco mais de dois meses de atividade, quando foi expulsa da Casa de Edvânia, a irmã do seu padrinho Joaquim, casada com Romildo, contador empregado em uma locadora de veículos. A casa do "marido-da-irmã-do-marido-da-irmã-da-mãe" fôra seu último abrigo de aspecto familiar.
No início, ainda tentou disfarçar. Trabalharia como telefonista no plantão noturno de uma distribuidora de refrigerantes e bebidas, dizia. O turno, era a versão, ia até as quatro, mas somente nas primeiras horas do dia, a *van* da empresa conduzia os empregados ao terminal de ônibus.

Quando saía para ganhar a vida, vestia-se com discrição. Na bolsa, levava os panos mínimos, uma mini-saia e uma camiseta curta, quase sempre, e trocava de roupa no apartamento de duas colegas de ofício. Só então, descia a ladeira. Ia dar o que queriam e receber o que precisava.

Inexperiente, não se dera conta de que logo seria observada no ponto por pessoas do convívio de Romildo. A Edvânia, desde o início, já preocupara a presença daquele corpo tomando bela forma, o estrogênio apagando os últimos vestígios da infância. Cautelosa, evitava deixá-la a sós com o marido. Era "moça mexida", cuidava de lembrar. Agora, tinha mais um motivo. Este, intransponível. Não considerava a possibilidade de criar a filha, então com cinco anos, em arriscada convivência com uma prostituta.

A professorinha

– Foi ela quem me ensinou o abc do ofício. – Disse, para resumir em poucas palavras a importância decisiva de Bruna para o início de uma bem dirigida carreira profissional.

Era bem tarde, por volta de três da madrugada, lembra. Bruna retornava de um programa tumultuado. Havia marcado com alguém de nome Mário. Quando chegou ao local do encontro, havia outros três clientes. Deu trabalho para aceitar a brincadeira. De volta, jogaram-na para fora do carro. Caída no asfalto, três deles ainda tentaram agredi-la. Marilu veio a seu socorro. A presença dela como testemunha intimidou os agressores. Recuaram, quando a viram aproximar-se e saíram em disparada.

A amizade começou ali. Em poucos dias, Bruna a tirou do jogo pesado da calçada. Por seu intermédio, conheceu Domitila, cafetina de garotas que atendia grupos de turistas, portugueses e italianos em sua maioria.

Logo passaram a dividir um apartamento. Ajudava a Bruna nos cuidados com a filha. Iam a bares, cinemas e *dancings* com amigos comuns. Com ela, aprendeu a se vestir e os modos elementares à mesa. Ensaiou os primeiros passos no vocabulário básico de italiano e, mais importante, assimilou as boas regras do mundo onde decidira viver.

Bruna foi mãe solteira aos dezenove anos. Ficara grávida do namorado, "um sem-futuro, lindo e liso", segundo sua definição. O momento não poderia ter sido pior. O pai, motorista, estava desempregado. Tivera a carga roubada na estrada em circunstâncias mal esclarecidas. O patrão desconfiou de sua participação no assalto. Foi arrolado no processo como suspeito de cumplicidade no crime. Perdera o emprego e a condição de conseguir outra colocação se tornara improvável. Jurava inocência.

A família acreditava, mas o juiz se demorava em considerar os fatos. Para responder pelas despesas da família, a mãe fabricava doces caseiros. As filhas, eram duas, vendiam-nos de porta em porta. Tempos difíceis.

Nascida a filha, Bruna recebeu em casa a visita de uma colega de escola, das mais íntimas. A sós, sentadas no chão do quarto, chorou por todas as incertezas. Quando se disse "capaz de fazer qualquer coisa para ajudar os pais", a amiga lhe acenou com uma oportunidade, a ela confessando também um segredo a respeito de sua conduta.

Seria apresentada, sugeriu a colega, a um amigo, Heitor Pessoa. Homem de família. Fazia parte de uma turma de profissionais liberais, de idade próxima aos quarenta anos, todos casados. Gente de bem. Costumavam promover festinhas, sempre nas tardes de sexta-feira, com a presença de garotas como elas, bonitas e precisadas, em um apartamento de três quartos alugado para esse fim.

– Você não vai se arrepender. – garantiu.

Apenas por pouco tempo foi desconfortável. Toda semana, sempre nas manhãs de sábado, Bruna entregava à mãe cem dólares, nunca na presença do pai. Ela recebia de cabeça baixa e não ousava perguntar a origem do dinheiro.

O canalha

Chamava-se Stéfano Mandini. Nascido em Turim, na Itália, tinha 45 anos e quase nada mais se sabia a seu respeito, sequer sua profissão original. Quando Marilu o conheceu, ele já estava indiciado em três processos no Brasil, por tráfico de drogas e corrupção de menores.

Desde quando chegara ao arquipélago, fizera amizade com pessoas influentes, cumulando-as de presentes, com habilidade. Não se furtava de fazer referência a tais relacionamentos quando precisava agregar credibilidade às suas manobras. Impressionava a intimidade sugerida com gente de autoridade e prestígio no arquipélago. Um meliante hábil, viscoso.

Stéfano morava a doze quilômetros ao sul de Sinay, em casa de três pavimentos, na Praia Cristal, de muro alto e muitos cômodos, piscina e sauna coletiva, um amplo salão de jogos, conjugado a um bar de doze mesas. Havia, ainda, no subsolo, um cassino, mas só o abria nas noites de sexta e sábado. O "lar" era aparência. Uma agência de prazeres operava ali.

A Azurra, como era identificada entre os frequentadores, dada a cor anilada de sua fachada, abrigava um elenco de quinze garotas, algumas menores de idade, com documentos adulterados. Com elas, atraía para o seu *club* os turistas de maior poder aquisitivo, vindos ao arquipélago em busca, daquelas "coisinhas deliciosas". Ele as tinha para lhes oferecer.

Marilu fora por algum tempo uma das quinze garotas de Stéfano. Ganhava bem, mas boa parte dos rendimentos obtidos retornava para ele, a quem pagava pela moradia, cuidados estéticos e com a saúde, vestuário e outras despesas. Era, logo se deu conta, uma escrava de luxo.

Na casa de Stéfano, conheceu Giulio Barbieri, veronês de 35 anos, e apaixonou-se pelo "canalha", como passou a chamá-lo poucos anos depois, evitando pronunciar seu nome. Barbieri, engenheiro, 35 anos à época, veio ao arquipélago pela primeira vez como turista, mas logo resolveu ficar.

Para obter visto de permanência, Barbieri não encontraria dificuldades. Envolveu facilmente uma garota de 24 anos, de origem modesta, Karina, e com ela teve uma filha. Com a prova de paternidade em mãos, conseguiu ampliar seus direitos de cidadania e fixar residência no país.

Poucos meses depois de obtido o privilégio, mãe e filha sumiram misteriosamente. Barbieri poupou-se de lhes garantir sustento por toda a vida, mas o processo foi arquivado por falta de provas. Passaram, mãe e filha, a serem classificadas, pelos órgãos do Ministério da Justiça, na categoria dos desaparecidos.

Pelas mãos dele, Maria Luiza aprenderia muito sobre o mundo onde escolhera viver.

As queixas do Bispo

Quando, mais tarde, se separaram, Barbieri tinha já uma rede de mais de vinte *flats* nos melhores condomínios da avenida Praia Grande, uma locadora com dezesseis veículos, todos com menos de três anos de uso, e a maior casa de espetáculos de Sinay – La Isla.

Se os negócios iam bem, o mesmo não se poderia dizer do seu *status* legal. Provocado pela Pastoral do Menor, da igreja, o Ministério Público decidira abrir verdadeira cruzada contra o empresário. Denunciado por favorecer a exploração sexual de crianças e adolescentes, já se encontrava condenado em primeira instância a cumprir três anos de reclusão. Como recorreu da sentença, permanecia em liberdade.

O governo de Ilhas do Meio demonstrava má vontade com as iniciativas da igreja em cercear a desenvoltura dos agentes vinculados ao "prostiturismo". Os interlocutores oficiais preferiam tratar as denúncias, quando comprovadas, como "casos isolados".

O momento mais tenso foi quando o governo reagiu com censura, retirando os cartazes assinados pela Pastoral e distribuídos em pontos estratégicos por toda a cidade. Os cartazes alertavam para o caráter criminoso da prática de abuso sexual contra menores.

Em um diálogo tenso com o bispo, o governador tentou conter a indignação do pastor:

– Dom Cardozo, pedofilia é crime em qualquer lugar do mundo. Logo, a mensagem da campanha é óbvia e, portanto, dispensável.

O bispo se manteve firme:
– Dispensável, infelizmente não, e triste de um país, governador, onde o óbvio se torna indispensável.

O governador procurou argumentar por outra linha de interesse, menos ética e mais pragmática:
– Isso prejudica a imagem do país no exterior. Diminui o fluxo de turistas. Muitas de suas ovelhas vivem disso, pastor. Pense nisso.

Dom Cardozo saiu de lá sem os seus cartazes. A quem poderia se queixar o próprio Bispo?

A prova

Maria Luiza dividiu lençóis com Giulio Barbieri por apenas dois anos, tempo suficiente para fazer da profissão uma fonte de recursos sequer imaginados até aquela noite, quando desceu, pela primeira vez, a ladeira da Misericórdia em busca de uns trocados para comprar seu *walkman*.

Acabou numa tarde, por acaso, quando ele esqueceu uma pasta sobre o sofá da sala e saiu às pressas para mais uma de suas viagens de negócio à Itália. Estavam lá. Fotos e mais fotos de meninas nuas, de idade entre oito e doze anos, algumas em contatos íntimos com homens adultos, simulações de todas as modalidades de relacionamento sexual.

Endereços na Itália, provavelmente, deduziu, de compradores daquele tipo de material, estavam registrados numa agenda, bem como uma relação do que mais parecia ser títulos de filmes pornográficos, juntamente com o local onde se encontravam: o escritório de Barbieri no segundo piso de La Isla, a casa de espetáculos do italiano. No papel, estava escrito com a letra dele: "Larousse".

Foi ao local. Pediu as chaves da sala à secretária e trancou-se por dentro. Percorreu o escritório em busca de uma pista, repetindo na mente a palavra "Larousse". Deu com os olhos numa coleção de volumes na estante, de lombada bege, bem clara. Uma enciclopédia, a *Delta Larousse*. Era ali.

Pôs-se de pé sobre uma cadeira e retirou alguns volumes da coleção. Percebeu um fundo falso na madeira. Forçou com as duas mãos e o tampo cedeu. Retirou-o com cuidado e viu uma caixa de papelão. Puxou-a para fora e repôs os livros no lugar.

Colocou o material sobre uma mesinha de centro. Sentou-se no sofá e retirou, uma a uma, as cinco fitas de vídeo. Em todas, escritos em vermelho sobre tiras de papel colante, títulos de cunho pornô com antecipada referência à presença de personagens infantis.

Sentiu as mãos frias e trêmulas, enquanto abria passagem na sua bolsa para colocar as fitas. Tornou a retirar os volumes da estante e devolveu a caixa, vazia, de volta ao local de origem, no fundo falso por trás da enciclopédia. Deixou tudo como encontrara, aparentemente. Devolveu a chave à secretária e foi ao encontro de um cliente antigo, dono de uma produtora de vídeos publicitários. Veria as fitas. Quis muito estar enganada em suas suposições.

Meninas

– Adriano, me deixe aqui sozinha...
– Fique à vontade. Avise quando terminar.

A ansiedade a mantivera de pé, mas por pouco tempo. As primeiras cenas já lhe dobravam os joelhos. Maria Luiza sentiu o corpo frio e sentou-se. Levou a mão aos lábios pálidos, atordoada com as imagens na tela. Recuperou um pouco da iniciativa e adiantou a fita. O padrão era o mesmo. Trocou de fita, viu, uma a uma, pelo menos três minutos de cada. Não poderia ser pior. Meninas, todas por volta de treze, catorze anos de idade, em grupo ou cenas individuais, praticando sexo com adultos em todas as modalidades conhecidas.

Quando retirou a última fita e guardou todas de volta à bolsa, já não a constrangia apenas o choque e a repulsa que as imagens lhe causaram. Somava-se o temor pelo que poderia lhe acontecer. Acendeu um cigarro. Prendeu o rosto entre as mãos, tomada pelo desespero. Fizera diversas perguntas, pressentindo, no íntimo, momentos de risco e dor. Como evitaria ser arrolada como cúmplice de tudo aquilo, caso a polícia descobrisse o caso? Até que ponto não corria, ela mesma, risco de vida, agora que descobrira as atividades ocultas de Barbieri? Deveria, então, devolver as fitas ao local e manter-se aparentemente desinformada? Deveria separar-se dele sob alegações alheias àquele episódio?

Havia um problema: a pasta que Barbieri esquecera na sala a impedia de fingir alheamento aos fatos. Qualquer decisão sua, agora, deveria passar por uma conversa franca com ele. O encontro aconteceu mais cedo do que imaginara.

O compromisso

Voltou à La Isla decidida a devolver as fitas ao seu local secreto, o fundo falso da estante, no escritório dele. Trataria com Barbieri diante das provas menores, contidas na pasta deixada sobre o sofá. Quando chegou, pediu novamente à secretária a chave da sala.

Foi surpreendida pela resposta:
– O Giulio está aí. Pode entrar...
Sentiu o chão faltar sob os pés. Em poucos segundos, percebeu a sequência desastrosa dos fatos. Ele provavelmente se lembrara da pasta esquecida em casa antes de embarcar. Constatara que Maria Luiza tivera acesso ao seu conteúdo e, talvez tenha concluído que ela bem poderia ter ido ao escritório bisbilhotar seus segredos. Agora, só lhe restava uma atitude: entrar e tratar do assunto.

Não conseguia olhar nos olhos dele, mas foi direta:
– Você vai me matar?
– Alguém mais viu as fitas que você tem aí? – disse, dirigindo o olhar para sua bolsa.

Ela tirou o material e devolveu a ele:
– Não. Ninguém mais.
– Você vai viver.

Sentou-se à frente dele e perguntou:
– Eu tenho escolha?
– Todas, menos uma. – respondeu, ameaçador.

Ela suspirou. Olhou para a janela. Voltou a baixar a cabeça. Balançou-a para um lado e outro. Desabafou:
– Porra, Giulio, que merda! – desabafou, indo aos prantos.

Doíam na alma, com a lembrança das imagens vistas nos vídeos, as memórias de sua infância, quando, submetida aos abusos do padrinho, sentia perder a posse de suas vontades e o controle sobre o próprio corpo.

Maria Luíza era um ser invadido. Conhecia o teor de desestima que a violência deixara em sua alma. Tinha maus segredos. Fora desde cedo inoculada pela desinocência. Cedo, desaprendera a sonhar. Ficara imune a sublimidades.

Ele parou de mexer a caneta entre os dedos e perguntou:

– Você vai me deixar?

Maria Luiza apenas levantou as sobrancelhas e deu de ombros: para ela, não havia escolha. Percebendo que evitava olhar para ele, Barbieri curvou-se na sua direção, baixando ao máximo a cabeça, a procurar seus olhos em busca de uma certeza sobre o seu estado mais íntimo. Temia, como efeito retardado do choque, uma delação à polícia.

Tentou arrancar algo mais:

– Você deve estar com ódio de mim.

– Você é um monstro! – soltou. Percebendo a sinceridade temerária, mentiu – Mas não sinto ódio por você.

Barbieri quis tranquilizá-la:

– Não se preocupe, eu aceitarei qualquer decisão sua. Você terá o suficiente para tocar sua vida.

Ela sairia calada e ficaria bem. Era o compromisso.

O filho da puta

Dois anos depois, Marilu já havia se estabelecido. Atendia por telefone e agenciava eventualmente um elenco de mais oito ou dez garotas. Manteve o foco dos negócios voltados para clientes estrangeiros como Agnelo e seus amigos, que fora recepcionar no aeroporto.

Havia deixado para trás a veleidade de conciliar a profissão com qualquer relacionamento estável até o dia em que conheceu Adalberto, "um banana" – o termo é dela, treinado para obedecer e destituído de imaginação. De profissão indefinida, se apresentou como "trabalhador autônomo" na porta de sua casa sem a menor noção do ramo de atividade praticado naquele domicílio.

– No início, o Beto ficou por ali, fazendo de tudo um pouco. – resumiu.

Dedicando a ela uma atenção que nunca tivera e agora percebia indispensável, tornou-se o homem da casa em poucas semanas. Gostava mesmo do rapaz, companheiro ideal para uma mulher como ela, pois nunca perguntava o que fazia até altas horas da noite fora de casa. Sabia e aceitava como se fôra essa a regra desde a origem da espécie.

Daquela criatura de vocação servil, tão modestos eram os seus atributos, fez um ser produtivo. Pagou o curso de habilitação como motorista profissional e requereu financiamento para a compra de uma *van*. Deu a ele o veículo de trabalho, para levar grupos de turistas em passeios pelas praias do mar de dentro, em Ilhas do Meio.

Não lhes custou aceitar a gravidez, mesmo imprevista. Era mulher. Queria ser mãe, apesar da vida que escolhera. Como estaria por alguns meses fora do circuito, passou a garantir sua contribuição à renda familiar promovendo mais encontros para as garotas de seu relacionamento, agora também com clientes de seu marido, mexicanos, na maior parte, e "alguns gringos, também" – ressaltava, esfregando o polegar e o indicador.

Desde quando passou a garantir o faturamento com a genitália alheia, raras vezes se deitou por dinheiro. Enquanto trocava a fralda do pequeno Adalberto Júnior, Marilu repetia, com a certeza de que mudara de vida:

– Você não vai ser um filho da puta!

O bispo e a cafetina

Os negócios iam bem. No elenco, garotas bonitas e de boa formação. Ela selecionava, orientava as "meninas", ainda cuidava da vida pessoal delas. Os contatos com os clientes eram atribuição exclusivamente sua. O marido se ocupava da contabilidade dos negócios e do suborno eventual de policiais.

Mas o casal vislumbrava outras oportunidades. Anos de crescimento econômico, no arquipélago, fizeram da capital de Santacruz, Palmeiras, centro de crescente influência. Por lá, circulavam empresários e lobistas à cata de políticos e servidores dispostos a facilitar as coisas em favor de seus interesses, tudo mediante boas contribuições para "uma aposentadoria tranquila". Era o velho esquema, testado e aprovado, de um negócio em que eles ganham, o Estado quebra e o povo paga.

As estratégias de relacionamento incluíam noitadas de prazer como corolário para a celebração dos grandes acordos. Era praxe. A orgia vigorava a partir da publicação do Edital de Licitação no Diário Oficial da União. O casal percebeu a oportunidade e estabeleceu na capital um padrão de serviços sem concorrência.

Uma vez selecionada, a garota recebia cuidados e instruções necessários ao padrão de excelência do serviço. Eram rotineiras as consultas com médicos e esteticistas. Mantinham horários exclusivos em academias de ginástica. Eram ensinadas a falar o idioma com correção e a portar-se à mesa. As garotas agora circulavam em vestuário discreto, se confundiam nos locais públicos com a nova geração de recém-formadas bacharelas, lotadas nas repartições federais.

Em menos de dez anos, construiu um razoável patrimônio. Com o passar do tempo, informação era o seu maior Capital. Nada lhe era negado. Sabia pedir. E recebia. Sempre. Os governos entravam e saíam de Palmeiras, por força dos votos ou tangidos pelas baionetas, mas o poder de Marilu, como o do bispo, era imutável.

Diário secreto

Marilu sabia demais. Conhecia gostos e caprichos dos homens que decidiam a sorte do país. Guardara recortes de conversas sob efeito etílico, capazes de arruinar reputações e abalar a República. Deixava fluir a nunca confessada versão sobre a existência de um diário com as passagens mais bizarras e controvertidas de sua vivência profissional.

Quase negava:

– Não seria uma má ideia...

Houvesse o diário, lá estaria o caso de um deputado, moderado e conciliador, sempre muito bem votado entre os católicos. Ali, sob sigilo profissional, sua excelência se libertava das pressões do personagem que criara e assumia as fantasias recônditas de sua *anima*. Vestia-se com um lingerie vermelha e pedia à garota de programa que introduzisse nele um falo de borracha. Uma exigência, apenas: ali, ele era Sophie. Fazia questão. "Por que não? Era gentil e pagava bem", comentavam as meninas de Marilu.

Outro cliente, juiz do Supremo Tribunal, sempre chegava acompanhado de seu motorista particular. A garota contratada já ia instruída a se portar como mera espectadora. Em sua presença, o meritíssimo penetrava o rapaz. A todas elas, durante o ato, chamava de Marli:

– É assim que você gosta, Marli? – ele perguntava.

E a garota sussurrava, sem se mover da poltrona:

– É, sim, meu amor...vem!

O rapaz, quase mudo. Dinheiro fácil, todas gostavam de interpretar a passiva Marli.

"Marli", cabe explicar, era o nome da esposa do magistrado, mãe de três filhos, senhora reservada, benemérita da Associação Cristã de Apoio ao Menor e tinha idade para ser avó dos parceiros de bizarria do seu honorável consorte.

As gôndolas de Veneza

Mas deveria haver lugar no seu diário para os fracos de coração, como um ex-ministro, diplomata de carreira, tomado de paixão quando exposto aos favores de uma garota de trato meigo, de grandes olhos azuis e lábios salientes. Uma flor de pecado em seus dezenove anos, tinha por codinome Brenda.

Brenda virou a cabeça do "chanceler", como ainda gostava de ser tratado, mesmo sete anos após o término do exercício da função. De início, eram flores, poemas, chocolates. Em pouco tempo, carro do ano e apartamento. O casal fora visto de mãos dadas pelos canais de Veneza, eram os rumores.

Fora longe demais, o chanceler. Perdeu de tal modo o controle da situação que seus filhos, homens criados, chefes de família, proibiram Brenda de se encontrar com o pai, adotando para isso métodos "pedagógicos". Eles a sequestraram.

Atraída para o que seria um encontro de rotina, fora levada a um passeio macabro. De helicóptero, sobrevoaram o parcel da Pedra Seca, a duas milhas da costa, e ameaçaram atirá-la aos tubarões, numerosos ali. Voaram baixo sobre a superfície transparente. Ela vira os predadores com seus próprios olhos, inquietos e famintos. A garota ponderava, observando os tubarões sob as águas claras do parcel:

– Isso vai matar o pai de vocês.

Eles, impassíveis:

– Não se preocupe, você vai antes.

Arrancaram dela o compromisso de sumir por um tempo. Não mais atenderia os telefonemas do diplomata.

Cerca de um ano depois, Brenda se envolveu com um funcionário público, servidor do Banco Central, um rapaz de classe média, graduando em direito. Tomada pela súbita necessidade de provar do tédio conjugal e todos os outros aborrecimentos de um lar, fechou a conta com a cafetina. Constituiria uma família, como dela esperavam os pais.

A partir daí, passaram a morar juntos no apartamento de quarto-e-sala, pequeno e antigo, mas bem conservado, em frente ao Museu Nacional, presente do ilustre ex-cliente. Foi vista, algum tempo depois, por uma garota de programa, ex-colega de ofício, passeando pelas alamedas do Parque da Cidade com uma barriguinha de sete meses. Trazia ainda um garotinho de aproximadamente três anos pela mão.

– É menina! – disse, feliz da vida, à amiga, afagando a barriga – Vai se chamar Joana. A gente sempre quis um casal!

A guardiã dos lares

Quando conheci Maria Luiza Braga – isto logo me chamou a atenção – vi uma pessoa de riso fácil. Não percebi as marcas de uma infância brutal. Tinha um jeito meio desmiolado de quem não pressente os riscos. Havia um vestígio de inocência muito bem guardado ali. A ambiguidade lhe acentuava o teor de sedução.

Uma vez, lhe perguntei:

– Você é feliz?

Ela negou, sorrindo:

– Quem conhece este mundo pelo avesso não tem motivos para tanto.

Tê-lo conhecido "pelo avesso" era um trunfo. Falava disso com indisfarçável autoestima.
– Se não fosse cafetina, o que gostaria de ser?
Percebendo a tentativa de conduzi-la para fora do seu território, reagiu rápida:
– Ginecologista!
– Por quê?
Soltou o riso, jogando os cabelos para trás:
– Destino! Nasci para ganhar a vida cuidando de xoxota...
Levei, então, a conversa de volta para os seus domínios. Queria saber quais as motivações comuns, de fato decisivas, para levar uma garota a se prostituir. Resistiu, de novo, a uma reflexão.
Fez graça:
– Essas meninas tiram a roupa por um motivo simples: elas também precisam se vestir.
– Mas essa não é a única saída. – insisti.
Marilu soprou de lado a fumaça do cigarro e voltou-se com outra de suas frases prontas:
– O nascimento de uma mulher bonita numa família pobre pode ser uma má notícia. – Apagou o cigarro e concluiu – São grandes as chances de usar a beleza como meio de vida.
– Algumas conseguem um bom casamento... ponderei.
Jogou a cabeça para trás, como se perdesse a paciência com um mau aluno. Olhou-me com indulgência:
– Querido, cinderelas são exceções! Contos de fada não acontecem todo dia.
Quis saber como ela definia o tipo de homem, usuário regular de sexo pago, a quem ela chamava, profissional, de "cliente". Como sempre, ofereceu uma leitura crua dos fatos.

– O que move o casamento, move a prostituição. – e concluiu, abrindo os braços – Os homens pagam para sentir prazer.

– Você acredita nisso?

– Claro! – e com virulência ainda maior continuou – A diferença é que na prostituição ninguém precisa fingir amizade.

Parecia segura dos seus argumentos. Fustiguei:

– Quantos casamentos a sua firma já destruiu?

Maria Luiza, percebendo a intenção agressiva, sorriu, balançando a cabeça, e, sempre tranquila, jactou-se:

– Eu sou responsável pela longevidade de muitos casamentos. Muitas famílias devem a mim seu equilíbrio e bem-estar.

– Você está me gozando...

– De modo nenhum! Vou repetir. Graças a mim, muitos pais e filhos continuam morando no mesmo lar.

Insisti no assunto. Casamento – amor, filhos, lar – parecia um tema interessante para abordar com uma pessoa de visão, no mínimo, original.

– Existe casamento feliz?

– Uma mulher pode ser feliz no casamento. Um homem, nunca.

– Mais uma regra? – provoquei.

– Olhe à sua volta... para fazer uma esposa feliz, basta um bom marido. Mas o máximo que uma boa esposa consegue com um homem é habituá-lo ao tédio.

Estava claro onde ela pretendia chegar, e me antecipei:

– É aí que a prostituição encontra sua missão?

– É a nossa: livrar os homens da tentação desastrosa de manter amantes. Pague. E volte para a sua casa. Tem uma família lá, esperando por você.

– Homens solteiros também procuram prostitutas...
– Sim, os feios, os tímidos, os sádicos e os ejaculadores precoces!

Apontei para um *book* em seu colo, com fotos de garotas.

– Elas preferem os casados?
– Claro! Quem tem um segredo a preservar, se comporta melhor. É assim que a coisa funciona.

Quase isto

Foram cinco encontros. No último, Marilu mal conseguia disfarçar a ansiedade ao ver o pequeno calhamaço com pouco mais de quinze laudas numa discreta encadernação em capa plástica. Com o registro, presumia, talvez, a lenda receberia os protocolos da posteridade.

Abriu um pouco a cortina e sentou-se numa poltrona próxima à janela. Lia atentamente sem fazer comentários. Pegava o copo com Coca-Cola sobre uma mesinha ao lado, sem tirar os olhos do papel e acendia um cigarro atrás do outro. Por quase todo o tempo, manteve um discreto sorriso, realçando as marcas de beleza que o tempo não apagara no contorno dos lábios.

Quando terminou de ler, disse pouco:

– Pode publicar. Não foi bem assim, mas é quase isto.

Recebi o calhamaço e sentei na borda da cama. Apoiei os cotovelos nos joelhos e perguntei:

– Agora, me diga uma coisa: por que você quer que isto seja publicado?

Desviou os olhos para a janela. Apagou o cigarro e, sem virar o rosto, confessou:

– Eu estou sendo ameaçada. Como um recado, isso aí já está de bom tamanho.

Levantou-se e, antes de sair, inquiriu-me com uma ponta de ironia:

– Mais alguma pergunta?

– Sim, a última.

Sacudiu os ombros, com um jeitinho disponível de prostituta.

– Como é fazer sexo todo dia com quem você não ama?

– É como dormir em pé. – rebateu de pronto.

Fez menção de sair, mas voltou-se com uma pergunta:

– E você, acredita em tudo que escreve?

– Nem sempre.

– Pois é... às vezes, a gente também se diverte.

Deu-me as costas e saiu sem fechar a porta.

Amores de ontem

Fui, um dia e por algum tempo, apaixonado por Ana Rita Günter, que me convidara para escrever no semanário Plural. *Apaixonado pelo rosto largo, de grandes olhos claros e bem separados, de cílios longos e sobrancelhas de curva perfeita. Pela boca farta, rosada e carnuda de Ana, expressão enganosa de uma disponibilidade inexistente. Principalmente, fui apaixonado pela calma e pela inteligência de Ana. Não era um mulherão. Era bonita e proporcional, pequena até, mas isso era pouco relevante diante da sua claridade pessoal, do frescor da alma e da simplicidade do seu modo.*

Faz tempo isso, e fico feliz por ser assim. Éramos estudantes, ainda, de filosofia. Íamos aos mesmos bares, gostávamos das mesmas pessoas e tínhamos ideias muito semelhantes sobre as coisas em geral, além de todos os discos de Bob Dylan e um inimigo comum: o imperialismo. Os mesmos vícios. Os mesmos preconceitos, até. Éramos, enfim, parte de uma mesma geração. Vivíamos na mesma cidade e tínhamos um plano infalível para salvar a humanidade.

O jeito meio desligado de vestir atenuava os sinais da boa classe de origem que o trato educado de moça bem nascida não permitia anular. O look *relapso denunciava um desconforto pessoal com a evidência dos seus privilégios, um sentimento de inferioridade por ter sempre tido tudo à mão. Por maior o talento e mais forte a determinação, seria sempre perseguida, como uma sombra a lhe atenuar o brilho, pela preponderância de sua notória vantagem material.*

Não à toa, reagia assim. Os da esquerda da esquerda da esquerda a olhavam de soslaio, com a empáfia glacial de quem julgava ter a História na mão. Para eles, sua militância política decorria de um deslumbramento lúdico, movido a sentimento de culpa "pequeno-burguês" e necessidade de afirmação pessoal. Queria "matar o pai", no sentido freudiano. Estertores da adolescência, nada mais.

O tempo, juiz tardio, os surpreenderia adiante, revelando na conduta dela consistência de propósitos bem mais consequentes do que a demonstrada depois por seus críticos. Muitos deles, presas fáceis à oferta de pequenos confortos, prestaram os favores da moderação, oportunismo sempre justificado pelas necessidades contingenciais da História – essa vítima de todas as suas versões.

Fingia dar pouca importância se boa parte do mundo girava em sua volta. Transformava, com simpatia alquímica, admiradores em amigos, consolando a frustração de todos nós com a permanência do convívio cordial, embora reservado. Quase só falava de si quando provocada e ouvia com atenção. Era o tipo de gente que se cala primeiro, quando percebe que a conversa não vai levar a lugar nenhum, sem perder nunca a disposição para concluir qualquer discussão mais tensa com uma tirada irreverente ou um afago. Era uma pessoa simples. Era uma pessoa rara.

Ana Rita era linda e não queria nada comigo.

O pastor de todos os senhores

Recorria ao expediente mais simples para me aproximar das pessoas de referência para meus personagens "hiper-realistas": procurava-os em seus endereços profissionais. Caso houvesse resistência, quase sempre havia alguma, tratava de descobrir um conhecido comum, alguém de sua confiança, para intermediar o contato.

Não faria, tratava logo de esclarecer, questionamentos sobre episódios controvertidos da vida social ou ação pública dos entrevistados, repetindo um clichê surrado, mas eficiente, de ser objetivo do encontro apenas "conhecer melhor o seu lado humano". Fatos rumorosos, o repórter buscaria investigar com os recursos convencionais de pesquisas na imprensa e contato com terceiros, de asseclas a inimigos.

Pastor evangélico, Sebastião de Arruda Bento era um deles. Pessoas de seu círculo mais reservado, submeteram-me a uma bateria de entrevistas antes de confirmarem o encontro. Após insistentes pedidos, havia conseguido me avistar com um jornalista "da casa", um moço franzino, de fala macia. Ao fim, pareceu inclinado a colaborar. Logo no dia seguinte, me encaminhou a dois pastores, auxiliares de Sebastião nas ordenanças do culto.

Foi fácil perceber suas intenções. Centravam o discurso em destacar o papel das igrejas evangélicas em geral na recuperação moral e psicológica daquelas pessoas pobres, jovens, em sua maioria, "caídas na vala" do alcoolismo, das drogas e da violência e recuperadas para uma vida social "saudável e produtiva".

Destacavam a operosidade social de suas atividades para minorar a relevância do caráter criminoso do seu enriquecimento. Qualquer verificação consequente sobre a ação pública daquelas igrejas deveria passar, rito obrigatório, por suas movimentações financeiras.

Tentei deixá-los tranquilos, explicando o caráter ficcional do produto. Os fatos seriam considerados com responsabilidade. O nome do pastor sequer seria citado. Após cinco dias de tratativas, marcaram o encontro para uma terça-feira à tarde.

– Onde?

Em tudo havia expressão de simplicidade:

– Aqui mesmo, no templo. – disse o pastor Aquino.

Naquela tarde quente de abril, sentados em meio à desordem das cadeiras vazias do templo, brancas, de plástico, o modo afável como o pastor Tião me recebeu não guardava vestígios das reservas manifestadas pelos seus assessores.

A figura pequena do mulato de sorriso permanente parecia tão inofensiva quanto necessário deveria ser, a imagem acabada do humilde servo, que me disse sentir-se "o menor dos homens" com um modo capaz de iludir os mais ingênuos.

Memória disciplinada para o ofício, introduzia trechos bíblicos em suas respostas, "a Palavra", para reforçar no interlocutor a percepção dele como um homem de fé. Era um profissional. Vendia aos pobres a esperança que os faria suportar melhor o peso dos dias.

Ele tinha uma história para contar. Eu a escreveria.

Um herói aos sábados

– Tião! Tião! Tião! – gritavam os homens nas arquibancadas de tábuas corridas.

Sebastião Bento era um herói aos sábados. No ringue, montado na quadra anexa ao Bola 7, a casa de jogos mais popular do bairro de Albatroz, ele não era, pelo menos não ali, a figura invisível do servente de pedreiro que ganhava apenas o suficiente para comer, se vestir e ajudar a família nas despesas mensais. Entre as cordas, o filho mais novo do agente carcerário José Francelino Bento era Tião, o "Pata de Onça". *Boxer* amador, ganhava "uma graninha extra" no Bola 7 para "comprar uns panos e pagar a cerveja".

Não era fácil deixá-lo na lona, disso bem sabia a própria morte, que em três ocasiões tentou levá-lo, sendo humilhada em todas elas: uma gestação prematura, de sobrevida incerta, uma infecção de origem desconhecida aos três anos de idade e uma bala alojada nos quadris desde a adolescência, perto da bacia.

Veio a crise de 1982 e, com ela, a alta dos preços e novas levas de desempregados. As obras e o ringue já não eram suficientes. Passou a praticar assalto à mão armada, "nas horas vagas", como dizia, "para equilibrar o orçamento". Quando as contas atrasavam – a mãe chorava escondida para não agravar a pressão alta do pai – a paciência dele acabava: botava o 38 na cintura, por baixo da camisa, montava na bicicleta e, noite alta, saía para "dar plantão" nos pontos de ônibus dos bairros de classe média.

Um dia, as coisas fugiram ao seu controle. Um policial à paisana reagiu ao assalto e morreu com um tiro no tórax. Chegara a sua hora de descer aos infernos. Tião foi preso e condenado, mas renasceu, segundo suas palavras, "pelas mãos de Cristo", como testemunhou repetidas vezes aos fiéis de seu rebanho.

Para o pai, o agente carcerário Francelino Bento, a dor de trancar o próprio filho por trás das grades de uma cela foi um mal sem cura. Conhecia bem a rotina de uma penitenciária, capaz de transformar mesmo um monstro em coisa muito pior. Muitos anos se passaram sem que se tenha mais visto nele um traço momentâneo de contentamento. Afogava na cachaça o desgosto de ver o filho naquela incubadora de feras.

Quando Francelino passava a chave na grade de ferro, deixando pelo lado de dentro o seu "menino Tião", era constrangedor o encontro entre a vergonha de pai e o remorso do filho e mesmo os outros presidiários, gente pouco afeita à compaixão, ficavam consternados, fácil perceber pelo silêncio que cobria todo o corredor da Ala 4. Só o barulho dos passos de Francelino se ouvia, cada vez mais distantes, na direção do portão de acesso, quando terminava o seu dia de trabalho.

Preso, o "menino" fora encontrar algum conforto para suas culpas no verbo consolador de um pastor evangélico autorizado a visitar os detentos às terças e quintas. Com fervor, adotou "a Palavra", que passara a crer como "divina revelação" aos homens. Suave, um perdão abrandava o seu tormento. Sentia-se tocado pela "força redentora do Cristo ressuscitado". Converteu-se. Deixara para trás o remorso e "se prostrava diante de Deus" como um novo homem, também ele ressurreto, pronto para dar ao mundo o "testemunho de sua libertação".

Com a pena reduzida por bom comportamento, teve, mais tarde, reconhecido o direito de cumprir o restante em liberdade condicional. Voltou então a morar na casa dos pais em Albatroz, mesmo bairro onde se criara, e lá construiu um templo modesto com o que conseguira poupar vendendo gás de cozinha em domicílio e a ajuda dos seus primeiros discípulos, evangelizados à sombra de um florido Ipê. Dali, formaria uma legião obediente.

Cachorros chutados

A conversão do "Pata de Onça" logo repercutiu pelos arredores do bairro e do centro ao cais, transformando o Culto do Santo Filho em um reduto acolhedor para quem buscava a redenção dos sofrimentos na "revelação da Palavra", ali proferida por um exemplo vivo de conversão. Uns cachorros chutados, a gente pobre da periferia recebia a mínima afeição de serem ali, sob o telhado de duas águas do templo, tratados como iguais.

O pastor Tião Bento, antes conhecido como "Pata de Onça", agora aclamado como o "Mão de Deus", veria crescer a cada dia, na bacia do dízimo, doada com o estímulo da fé, uma quantia em dinheiro bem superior ao necessário para manter as despesas do culto. Foi assim que tudo começou.

Tião logo passou a andar de motocicleta. Matriculou-se no curso intensivo noturno para concluir a fase Fundamental de escolaridade. Levantou uma laje de um piso sobre a casa do pai e nela construiu um pequeno apartamento de quarto-e-sala. Por fim, escolheu entre as solteiras do seu rebanho uma para ser sua esposa e pronto, ei-lo de vida nova.

Testemunhos de cura alcançada pela fé repercutiam por todo o bairro, tornando mais frequente, por força da procura crescente, a realização dos cultos. O dízimo dobrava. O pastor se deu conta de que encontrara no "divino" ofício um próspero meio de vida.

Estava surpreso com a rápida conversão das almas. Era tão fácil convencê-las, havia uma tão sôfrega predisposição para crer, que começou, ele mesmo, a duvidar de tudo aquilo. Desconcertado, percebia a disparidade crescente entre os limites reais de sua condição pessoal e o fervor com que o seguia a multidão desamparada. Em pouco tempo, a ingenuidade coletiva e a vida acrescida em conforto e segurança fizeram dele um quase ateu, um animista supersticioso, na melhor hipótese.

Acabaria de vez com aquilo, não fosse a boa recompensa recebida. As benesses da súbita prosperidade recomendavam manter em segredo sua desilusão religiosa. Afinal, levava conforto emocional às pessoas e livrava muitos do "julgo dos vícios" e outras condutas "nocivas à vida produtiva e ao equilíbrio familiar". Era útil, enfim. Estava ali uma mão lavando outra. Por que não?

Distinguido na comunidade como um benfeitor, ao "bem do próximo" estaria dedicado, sobretudo, ao dos mais próximos – a família. Nenhum político passaria mais por Albatroz sem lhe solicitar a cortesia de uma visita. Era uma referência moral, um fator de coesão para uma comunidade sob tensão permanente, acossada pela escassez e pela desesperança. A senda do pastor Tião Bento estava apenas começando.

Nada me faltará

O Culto do Santo Filho não confiaria todos os seus esforços à graça exclusiva do menino-Deus. O pastor criou em torno do seu templo, expressão sua, uma "rede de solidariedade". O rebanho era instado à prática do auxílio mútuo. Quem tinha bicicleta comprava peças na loja de um fiel. Este, por sua vez, comprava o leite avulso de outro "irmão", aumentando a rota e faturamento dele.

Tião os instruía a creditar todos os benefícios alcançados na conta do Senhor. Menos o dízimo, que poupava, dizia, para a construção de um novo templo, bem maior, em melhores condições de receber o rebanho a cada dia mais numeroso.

Ao desconfiado Angelim, o taxista, doutrinava:
— Sê fiel à Palavra! Crê em teu Deus e terás vida nova!

Mas, para não atribular em demasia o Senhor, tratava de facilitar as coisas, distribuindo o cartão com o telefone do taxista por toda a comunidade, recomendando seus serviços aos discípulos, dispostos a praticar o amor ao próximo e receber as prometidas recompensas na vida futura.

Angelim era um caso típico. Vivia apertado. Dois filhos, um de colo, e a mulher já grávida de três meses. Com pouco tempo de frequência ao culto, o apoio dos "irmãos" lhe permitiu comprar um veículo próprio, financiado, e uma licença para "trabalhar na praça". Agora, sim, estava convencido de ter o Senhor como Pastor e nada lhe faltaria. Tornara-se um Fiel. Dava testemunho no culto. Difundia convicção.

O guardador do rebanho cumpriu a palavra. Construiu um templo maior e mais confortável, com acesso fácil a todo o bairro, num dos principais corredores de tráfego de Albatroz, a Avenida Almirante Sarmento. Sua igreja crescia.

— Com as bênçãos de Deus! — resguardava-se na humildade, sempre que a prosperidade do Culto do Santo Filho era motivo de comentário.

Evitava demonstrar prosperidade pessoal. Circulava com um carrinho bem conservado, mas de faixa popular. Sobravam recursos, contudo. Longe da vista dos fiéis, tratou de comprar, do outro lado da avenida, em frente ao templo, um prédio mal conservado que, uma vez reformado, voltaria a dar lucro. No local, o pastor iniciava a vida de empresário no ramo de serviços, instalando um motel com dezesseis quartos.

Love

Colocou o imóvel no nome de um primo em segundo grau, agora, para todos os efeitos, proprietário nominal do empreendimento. O primo gerenciaria o "Motel Love", deixando-o com as mãos livres – "limpas", repetia – para prosseguir na sua pregação. Foi um ato inspirado, pôde constatar poucos meses depois. Diversificando os negócios, ampliou sua clientela. Continuaria ensinando o caminho para quem queria ir para o céu, mas reservaria boa acomodação para quem preferisse queimar no fogo do inferno, desde que o deixasse fornicar sem restrições.

Tanto quanto a conta bancária, o "Love" aumentaria a reputação moral do pregador, quando o próprio pastor decidiu promover uma verdadeira cruzada moral contra, alertava os fiéis, aquele nefando sinal dos tempos, a "blasfêmia de abrir um antro de perversões em frente à casa de Deus".

Quanto *feeling*. A coisa pegou. Viu-se aumentar a presença dos fiéis mesmo nos horários menos concorridos de culto, principalmente entre as mulheres de maior idade, a reserva moral das famílias. Autorizou o primo a procurar um advogado para abrir, contra ele mesmo, um processo por calúnia e difamação.

Tivera o cuidado de mandar o primo gravar sua pregação implacável, mensageiro da "ira divina", reverberada nos arredores pelos amplificadores de som colocados na fachada do templo. Os registros reforçariam a peça de acusação, fundamentada no direito líquido de funcionamento do estabelecimento dedicado ao resguardo das intimidades, de fácil comprovação mediante a anexação de cópia autenticada do Alvará de Funcionamento desse local.

Por outro lado, o pastor se resguardaria no amplo direito de liberdade religiosa assegurado pelas normas constitucionais do país para continuar sua pregação, cujo documento comprobatório era idêntico ao apresentado pelo querelante – o Alvará de Funcionamento do templo.

Com registro legal assegurado a ambos para o livre exercício de seus direitos, todos cresceriam em notoriedade.

– Eis o crime perfeito! – comentava com o primo, esfregando as mãos e rindo muito, envaidecido pela evidência do seu talento para obter vantagens com a credulidade daqueles "cachorros chutados", como se referia ao seu rebanho fiel.

Aberto o processo na justiça comum, Tião Bento adotou o procedimento programado para aquela fase da manobra: deu ao primo autorização para que subornasse alguns animadores de programas de rádio de boa audiência para repercutir a querela jurídica. Trechos dos sermões seriam reproduzidos nos horários de maior audiência. O "proprietário" do motel seria chamado a expor suas razões. Populares seriam abordados nas ruas para se manifestar sobre o assunto. Surgiriam paródias musicais para ilustrar a guerra santa movida por um pastor evangélico contra o "antro de promiscuidade".

Mais que provável fim para o contencioso, o caso se perderia pelos labirintos modorrentos do judiciário, enquanto igreja e motel continuariam a gozar de notoriedade suficiente para continuar oferecendo aos seus adeptos e clientes boas razões para mantê-los com alta frequência.

Convidado para entrevistas em programas de televisão de apelo popular, o pastor tinha ultrapassado os limites de Albatroz para se tornar um personagem reconhecido em toda a cidade. Passara ele mesmo a manter um programa diário de rádio – "Testemunhos da fé" – e nele conversava com ouvintes, distribuía conselhos e relatava, em contrição, passagens bíblicas. Enquanto isso, o primo inaugurava o segundo motel, agora na região leste de Palmeiras, área nobre da cidade, com suítes completas e serviço de cozinha.

Sebastião de Arruda Bento passaria agora à terceira e última etapa do seu plano de carreira. Seria, como sempre, bem sucedido.

Vossa Excelência

As oportunidades abertas pela perspectiva de distensão política não passaram despercebidas por ele. Notava a ausência de novas lideranças no país após anos de ditadura. Radialistas, artistas de televisão em declínio de audiência e ex-jogadores de futebol vislumbravam no hiato uma oportunidade de garantir, por meio de um mandato popular, a prorrogação de sua popularidade.

Passara a ouvir com cada vez mais frequência uma pergunta e percebia, no cerne do seu interesse, uma ótima sugestão:

– Por que o senhor não se candidata a deputado?

O argumento era alentador:

– Este país está precisando de gente assim...

Gente como ele, queriam dizer, puro de coração, que conhecia as dores de sua gente. Pessoa de compaixão, grande capacidade de doação pessoal. Não era pouca coisa. Atributos raros que ele os tinha, aos olhos do povo.

Estaria filiado a um partido político. Qualquer um. Ouviria o burburinho do povo e escolheria o caminho mais fácil. Passou a se imaginar na tribuna, de terno e gravata, sendo tratado por "Vossa Excelência".

– Vossa Excelência! – repetia, baixinho, para si mesmo, fazendo a barba diante do espelho de manhã, bem cedo, antes de sair para "mais um dia de serviço a Deus".

A boa árvore

Tivemos dois encontros, sempre no templo e, por telefone, em outra ocasião, apenas para tirar algumas dúvidas. Trazia à mão o "livro sagrado". Na segunda vez, pensei em comparecer defendido pela companhia de outra obra providencial, o Código Civil, mas, claro, não o faria.

"Esse cara engoliu a Bíblia" – pensei, ao testemunhar sua agilidade mental, quando recolhia da memória citações textuais do livro para fundamentar os aspectos mais controvertidos de sua conduta. De início, quis saber dele como um homem simples, de formação modesta e expressão comum, alcançara uma liderança quase incondicional, mantida por ele com seus fiéis.

– A resposta está em *Matheus* 22,14: "Muitos são chamados. Poucos, os escolhidos". O Senhor conhece o âmago dos seus filhos e sabe quais entre eles suportarão as duras provas do serviço à Lei.

Procurei contornar a formalidade de estilo com a qual se protegia. Percebia, e lhe disse isto, como ele cultivava a imagem de homem simples do povo, cuidando de manter uma aparência em nada excepcional.

– É intencional? – provoquei.

Conhecia a psicologia do rebanho:

– "Se queres ser o primeiro, sê servo de todos.", está em *Marcus* 9,35. Um pastor tem que ter o comportamento reto para que os fiéis possam vê-lo como alguém realmente tocado pela graça divina. Mas deve manter-se semelhante a eles em aparência.

– Qual é o truque?

Inalterado, sustentou na face o sorriso de beatitude, desconsiderando a agressividade da pergunta:

– É uma maneira de dizer a eles: eu me salvei, você também pode se salvar!

"É um artista!" pensei. Mas só pensei.

Quis questionar outro aspecto, sua relação com o poder. Eram frequentes as visitas de autoridades públicas ao seu templo. Naquelas ocasiões, recomendava aos fiéis se absterem de críticas às políticas adotadas pelo governo.

– A sua igreja é governista? – fustiguei.

– Eu sigo a Palavra. Em *Marcus*. 9,40 está escrito: "Quem não é contra nós, é por nós".

– Mesmo quando cometem falhas graves à luz da doutrina que o senhor professa?

O pastor permanecia atento à boa técnica: respondia em um tom de voz ainda mais ameno, quanto maior fosse a pressão dos meus argumentos.

Disse, com doçura religiosa:

– Se nós acreditamos que a salvação do espírito é o propósito primordial da existência humana, devemos fortalecer os que nos fortalecem sem cair na tentação de enfraquecer os que nos querem fracos. Destes, cuidará o Senhor, nosso Deus, na perfeita manifestação de sua divina justiça.

Não me dei por vencido:

– Pastor, o que o faz crer que essa sua conduta é um ato fiel aos princípios do Deus que o senhor professa?

– A Palavra! Está em *Matheus* 12,33: "A boa árvore dá bons frutos". Ninguém sai da minha igreja pior do que entrou. A todos procuro fazer o Bem. Deus, somente ele, me julgará.

O homem não improvisava. Em todas as respostas, seguia o seu roteiro, testado e aprovado na relação com as multidões: citava a Bíblia, relacionava o trecho citado ao contexto do assunto tratado e concluía suas palavras com alusões gratificadas de firme obediência ao seu Senhor.

A certa altura, tentei dirigir a conversa para um tema recorrente, quando se trata de credos populares. Disse a ele que me inclinava a compreender o fenômeno da Fé, basicamente, como uma ilusão. Tratava-se de uma necessidade emocional das massas, de função compensatória, onde buscavam equilíbrio para a consciência da finitude que inquieta o ser humano.

Concluí, esperando ouvi-lo:

– A ideia do paraíso é irresistível.

Foi hábil ao acolher meu argumento para recompor sua versão dos fatos:

– Sim, em *Eclesiastes* 1,8 é dito: "O que agrada, não se farta o ouvido de ouvir". Sem dúvida, a fé na redenção dos pecados torna mais leve o fardo da existência, principalmente para essas criaturas desassistidas. Mas não entendo por que isto a faria menos verdadeira...

– Pelo menos não a torna mais crível. – insisti.

– "Por acaso, muge o boi diante da forragem?". É *Jó* 6,5. No entanto, ela está lá!

A segurança com que se escudava no texto bíblico, em alguns casos distorcendo o que me parecia ser o sentido original dos trechos citados, me encorajou a abordar aspectos de natureza ética do seu ministério. Lembrei que, sem prejuízo da sinceridade provável dos seus propósitos, ele obtivera ganhos pessoais notáveis com o "sucesso", cheguei a usar o termo mundano, de sua pregação.

Tinha resposta para tudo:

– Em *Eclesiastes* 29,20 está escrito: "ajuda a teu próximo conforme tuas posses", e adverte: "Não caias também". Ora, a expansão da obra exige sacrifícios. Somos seres humanos. Uma reserva de bem-estar torna mais segura a disposição de cumpri-los.

– Pastor, eu insisto: é justo tanto conforto, enquanto seus fiéis padecem de tantos males?

– Ajudo-os como posso e, naturalmente, posso pouco porque são muitos. Mas peço uma reflexão sua. Está em *Gálatas* 6,3: "se alguém pensa ser alguma coisa em não ser nada, engana-se". – e concluiu – Meu querido, ninguém seguirá um homem nu!

Após testar seu estoque de citações bíblicas e me dar conta de que estava longe de esgotá-las, rendi-me à sua verve dialética, capaz de alterar o sentido original das sentenças até subjugá-las completamente às suas conveniências.

Percebi uma agora maior movimentação no templo. Algumas pessoas da ordenança já se punham a perfilar as cadeiras para o culto de logo mais. Agradeci a atenção e deixei com ele o número de meu telefone. Quando estendi a mão para me despedir, ele me entregou a Bíblia que tinha em mãos com um conselho pastoral:

– Leia sempre que precisar de algum conforto. Nestas palavras, – disse, pousando a mão suavemente sobre a capa – conhecerás o amor divino. Terás o amparo de Deus. Seja feliz!

Um artista!

Lembranças do futuro

Quando, agora, nos reencontramos na redação do Plural, *dez anos haviam se passado, levando com eles os meus cabelos longos, alguns amigos mais afoitos e a parte mais audaciosa dos nossos sonhos. O ideal socialista, já desprendido do referencial de realidade à época, representado pela experiência soviética, persistia como um leão de circo – ainda robusto, mas melancólico em sua crise de propósitos.*

Ana Rita estava bem. Falava com entusiasmo de sua viagem recente à Iugoslávia. Sob regime comunista, o país rompera o alinhamento automático com as diretrizes da União Soviética e experimentava há anos uma alternativa própria, mais democrática e independente, rumo ao socialismo.

Deu-me uma foto sua – esfuziante, como sempre – abraçada a um grupo de soldados numa rua de Belgrado. Escreveu uma dedicatória, esforçando-se para me levar aos quadros do seu jornal: "Ao Lino, lembranças do futuro, da amiga Ana". Ainda guardo aquela fotografia, pálida na sua imagem desbotada e ainda mais em suas promessas redentoras. Iugoslávia, "lembranças do futuro". Quanta metafísica!

Voltara ao país há pouco tempo. Contou-me sobre o período de doutorado em Paris. Sua tese versava sobre a obra de cárcere do marxista italiano Antonio Gramsci, orientada por Michel Ponty, "abre-alas" das barricadas festivas de maio de 68, adepto do maoísmo, uma versão rural da revolução comunista, experimentada na China, que, fiel ao nacionalismo milenar confunciano, mantinha-se equidistante dos protagonistas da Guerra Fria: União Soviética e Estados Unidos.

Percebendo, talvez, meu reduzido entusiasmo, logo se apressou em esclarecer que Ponty seguira por pouco tempo as prescrições revolucionárias do Livro Vermelho *de Mao Tsé Tung. Definia-se agora como um liberal radical e, seja lá o que isso queira dizer, "continuava um pensador instigante", garantia.*

Michel era culto, charmoso – me disse – e se apaixonara, em vão, por ela, que perdera, para infortúnio do mestre, qualquer atração pela penetração fálica desde que fora violentada na prisão por quatro horas seguidas no dia 12 de março, data do seu aniversário – contou-me, como quem lamenta a perda de um membro.

Foram necessários um período de abstinência involuntária e anos de psicanálise. Foi reencontrar a delicadeza, perdida naquela noite de terror, na companhia de Karl, um quase adolescente de olhos azuis e modos ternos que conhecera em Kiev, na Ucrânia.

À dor da rejeição ao seu amor, seguiu-se uma surpreendente fase anticomunista de Michel Ponty, pela qual fora execrado na tribo gauche *e somente mais tarde reabilitado, quando confessada a verdadeira origem do trauma: a origem soviete do homem que sua musa amava.*

Saí do encontro disposto a oferecer franca oposição ao liberalismo radical, seja lá o que queira dizer a nova doutrina política do orientador acadêmico de minha paixão não correspondida da juventude. Fiquei achando esse tal de Michel Ponty um pé no saco! E senti-me diminuído quando me dei conta de que estava com ciúme de uma criaturazinha tão pegajosa.

O pé de chinelo

Estavam pai, mãe e filho na estação marítima de Porto Cruz, vindos de Sal com destino a Palmeiras – mais uma família a engrossar as estatísticas migratórias dos últimos anos. Milhares deixavam para trás as tradições seculares de uma sociedade rural, sustentada sobre os ciclos do açúcar, do tabaco e do café, para buscar nos centros urbanos as oportunidades que já não brotavam sob pressão do arado.

Era meio-dia, trinta graus. Antonio afastou-se na direção do *hall* de entrada da estação. Antes, recomendou à esposa:

– Olho na mala. Isso aqui está cheio de malandros.

Barcos aguardavam ao largo para atracar. Era intensa a movimentação, o ar saturado de uma vibração ruidosa. Um calor dos diabos. Alto verão, temporada em que a economia aquecia na proporção direta da temperatura nas praias do arquipélago, o píer estava apinhado de vendedores ambulantes, mendigos e vigaristas. Aproveitavam o tráfego intenso de passageiros para ganhar alguns trocados.

Antonio ainda avisou antes de sair:

– Vou comprar cigarros. Volto já!

Foram as últimas palavras do marido a Marlene, antes de ser abandonada com o filho na plataforma de embarque. Aflita com a sua demora, de início cogitou que ele pudesse ter perdido a noção das horas no jogo de bilhar dos bares próximos à estação. Não seria a primeira vez.

Foi longa, aquela manhã. Após procurar por Antonio nas proximidades, em vão, Marlene quedou-se, trêmula. De início, o menino nada percebeu, entretido com seus soldadinhos de plástico, sem antever o prenúncio de uma vida virada pelo avesso.

Por um momento, ela recuperou o fôlego. Divisou ao longe a figura de um homem esguio, magro e ágil como Antonio, caminhando de mãos vazias na direção de onde se encontrava. Ergueu-se de súbito e espichou o pescoço, o olhar aflito sobre a multidão, para logo constatar, com o peito frio e os lábios pálidos, que não, aquele não era ele. Largou o corpo todo sobre a tábua do banco de madeira e caiu em prantos.

Quando já próximo de onze da noite, restavam na estação apenas os faxineiros e o pessoal da vigilância. Agora convencida de que algo extraordinário acontecera, aceitou a ponderação dos funcionários para que fosse até a delegacia de polícia, onde deveria informar a ocorrência e buscar abrigo por uma noite. Levados ao dormitório público da Associação Cristã de Amparo ao Menor, não muito distante dali, foram acolhidos com toalhas de banho, uma sopa fina e colchões estendidos no chão sobre embalagens de papelão abertas.

Marlene pôs um casaco sobre os ombros do pequeno Antonio e o cobriu com o lençol. Passou a mão em sua cabeça, oferecendo o conforto que não sentia e disse, sem alento:

– Durma. Vai dar tudo certo.

Em duas semanas, só então, quando já percorrera hospitais e postos policiais, ela admitiu. Fora, com o filho, abandonada pelo homem que ao seu pai a pedira em casamento e, agora, saía de sua vida sem o gesto mínimo do "adeus".

Ali mesmo, sob o feixe tênue de luz que descia de uma vidraça partida sobre o corredor do dormitório público, fizera, e cumpriu à risca, o juramento de "nunca mais dar confiança a homem", permanecendo solteira – "viúva", corrigia com amarga ironia – até seu último dia de vida.

Dona de casa, foi ganhar o sustento fazendo o que sabia, como cozinheira em casa de família. Ficou por ali mesmo, em Porto Cruz, e nunca mais saiu de lá. Trabalhava duro para dar condições de estudo ao filho. Antonio Silveira Filho honrou o sacrifício. O garoto foi longe.

O funcionário exemplar

Para todos os efeitos, o filho de dona Marlene chamava-se agora Anthony da Silveira. Apesar do toque de sofisticação dado ao próprio nome, fazia questão de se definir como um "pé de chinelo". Não perdia oportunidade de manifestar seu desprezo pelas fortunas de berço. Orgulhava-se de sua origem humilde e de "ter vencido na vida". "Nada", gostava de lembrar, recebera "de mão beijada". Seus bens, repetia sempre, arrancou-os do mundo "com as próprias mãos".

Foi aos dezesseis anos o primeiro emprego. Primeiro e único. Começou como *office-boy* e logo foi promovido a vendedor na Eletroluz, uma das mais movimentadas lojas de equipamentos eletrônicos de Portoluz, zona de livre comércio em Ilhas do Meio, muito frequentada pelos "sacoleiros" – gente dedicada ao comércio informal em países vizinhos, onde revendiam os produtos adquiridos ali a baixo custo.

Anthony privava da confiança do seu patrão, Dom Raul, um espanhol desconfiado, em quem o garoto de história triste, de abandono e responsabilidade precoce, despertara surpreendente compaixão. Raul o tinha na conta de um funcionário exemplar.

Pai de duas filhas, já casadas, o "espanhol", como era conhecido pelos que lhe conheciam bem o temperamento difícil, sempre repetia aos outros empregados da firma, sem receio de provocar ciúmes: "Queria ter um filho assim...".

Só confiava Nele. Logo ele! O rapaz soube tirar proveito da frouxa vigilância do patrão, usando o acesso aos clientes menos frequentes da loja para aplicação rotineira de uma modalidade imperceptível de golpe.

O pequeno Antonio passou a manipular um serviço de entrega de mercadorias aos clientes de dom Raul, feito diretamente nos hotéis, onde se hospedavam, uma comodidade, substituindo-as, em meio ao trajeto, por produtos falsificados, adquiridos em consignação naquele segmento menos idôneo do mercado. Por cinco anos, acumulou boa renda. Não ostentava. Aplicava na bolsa. Ficava quieto e trabalhava duro.

Poupou cada centavo furtado. Formou pequeno capital e, aos 22 anos, abriu sua própria loja, a *Anthony Export* e continuou fazendo o que sabia, vender produtos eletrônicos. Quando o "espanhol" descobriu, era tarde demais. O "menino" já pedira demissão, levando consigo, sobre a contabilidade da firma, segredos que dom Raul pretendia manter bem preservados. Nada mais podia fazer contra o rapaz.

A ambição tem pressa

Ambicioso, Anthony tinha pressa. Enquanto iniciava a vida de empresário na lojinha de produtos eletrônicos, o jovem promissor explorava outras oportunidades oferecidas pela agitação de uma zona de livre comércio como Portoluz, território propício para a obtenção de lucros fáceis no terreno movediço do risco. Aplicava o lucro líquido da loja em operações rentáveis, à margem da lei.

Foi associar-se a elementos atuantes no mercado do crime, especialistas em sofisticadas técnicas da burla, mas sem o capital necessário para agir com maior desenvoltura. Anthony aportou o que lhes faltava e tornou-se chefe do grupo, obtendo uma cota maior nos rendimentos auferidos.

Agiriam em Portoluz, mas também nas cidades maiores do arquipélago, Palmeiras e Sinay, e estenderam a ousadia com golpes eventuais, aplicados em outros países da região, principalmente República Dominicana e Colômbia.

Anthony era ambicioso, tinha pressa. Um dia, recebeu a visita de dois brasileiros, indicados por alguém de sua confiança no México. Jovens, brancos e bem vestidos, entraram no seu escritório, uma saleta apertada nos fundos da loja, portando uma maleta do tipo executivo. Vinham do Rio de Janeiro com boa referência no mercado de contrabando. Fabricavam equipamentos de roubo e fraudação.

Data dessa época o advento dos primeiros cartões eletrônicos de identificação digital, mediante os quais os clientes dos bancos agilizavam suas operações de saque, depósito, conferência de saldos, transferência de valores e impressão de extratos. Em pouco tempo, chegaram às agências bancárias, situadas em grande número na zona central do comércio de Portoluz, os caixas eletrônicos, em que os clientes dos bancos poderiam efetuar todas aquelas operações, inclusive fora do horário de funcionamento das agências bancárias.

O produto não era, nem poderia ser, barato. Embora coubesse numa caixa de fósforos, era uma máquina de fabricar dinheiro, o kit contendo um *chip* e uma microcâmera. Anthony adquiriu o material. Os seus parceiros do Brasil ficariam próximos dali, em Palmeiras, realizando a outra parte da operação.

Olho mágico

De início, preferiu testar o esquema nos caixas eletrônicos do Banco Santacruz, instituição financeira do Estado e com maior número de correntistas. Eram conhecidas as limitações na qualidade dos seus serviços, bem abaixo da média das opções oferecidas pelo banco privado. Também no item segurança, eram mais frouxas as garras de controle na instituição pública.

O primeiro elemento agregado ao esquema foi um modesto funcionário do banco, vulnerável à sedução do suborno. Faxineiro, cuidava da limpeza final da área reservada aos caixas eletrônicos, no *hall* de entrada da agência central. Sua tarefa era simples: introduzir o *chip* de leitura no *drive* do caixa e fixar a microcâmera direcionada para o monitor.

Quando o cliente introduzia seu cartão eletrônico no *drive* do caixa, o *chip* superposto capturava todos os seus dados. Ao digitar a senha no monitor, a microcâmera registrava os números da sua senha de acesso exclusivo. Os dados seguiam para os brasileiros, sediados em Palmeiras e, de posse deles, era feita a "clonagem" do cartão, uma duplicação perfeita da chave de acesso ilimitado às reservas financeiras do cliente no banco. A vítima, sempre alguém com suculento saldo bancário.

Anthony fazia rodízio nas operações, atuando em Sinay, Palmeiras e Colinas, e também em outras grandes cidades do Caribe e da América Central. Como bom player, soube parar, logo vira a *Anthony Export* entre as principais lojas do varejo eletrônico de Portoluz.

Estava em tempo. À época, tinha já o seu nome incluído no rol de suspeitos identificados pela Polícia Federal como provável membro da quadrilha responsável pelos "golpes de cartão". Deixou uma pequena parcela de rendimentos, mas de expressivo valor, cair em mãos com suficiente força para retirar o seu nome da segunda fase de investigação, mais detalhada, cujos resultados seriam referência para o acompanhamento que o Ministério Público faria do caso. Caiu fora na hora certa. Acumulara o suficiente para transformar a pequena loja de duas portas na empresa líder em vendas em itens de um segmento emergente do mercado.

Um negócio da China

O advento dos produtos de informática e do uso de computadores individuais coincidiram com o melhor período de desempenho da *Anthony Export* no mercado da Zona livre. O "pé de chinelo" percebeu desde o início a dimensão da oportunidade que a médio prazo se abria com o segmento emergente de informática. Queria sair na frente, mas estava longe de ter capital suficiente para liderar o mercado.

À época, foi a Miami estudar a perspectiva futura daquele tipo de produto no mercado de varejo. O que acontecia ali, aconteceria em Porto Cruz cinco anos depois. Lá, conheceu Shao Tzu, um comerciante de Taiwan, gentil e aventureiro, em busca de frentes de negócios no Novo Mundo. Logo viram, havia entre eles objetivos comuns e atributos complementares. De início, testaram-se em pequenas operações e logo passaram a importar do Oriente componentes eletrônicos falsificados e *softwares* não licenciados. Shao ia e vinha. Entrava e saía de Portoluz com frequência cada vez maior sem ser importunado.

O talento da dupla não passou despercebido pelos chamados "tubarões da zona", o grupo restrito de negociantes, nem todos de identidade conhecida, que controlava o grosso dos negócios em Portoluz. A pressão dos *sharks* foi providencial. Obrigados pelas circunstâncias a buscar novas alternativas, ampliaram a movimentação com a formação de novas parcerias em países continentais.

Passaram, então, a despachar mercadoria para o México e a Venezuela. Em Portoluz, legalizavam os registros dos produtos. Logo, Panamá e Colômbia entraram no circuito. Por força das evidências – eram meliantes de talento – foram incorporados a uma quadrilha internacional, sustentada em esquemas de influência política bem sedimentadas e com ramificação nas polícias dos países em que atuavam.

A despesa era alta. Propinas e esquemas de segurança lideravam a lista. Mas o negócio cobria com folga o custeio dos provimentos. Ganhavam em todas as etapas. Compravam a baixo custo produtos falsificados que, por sua vez, eram exportados com valores subfaturados, dando margem de folga para a sonegação de impostos.

Como as empresas movimentavam grandes somas, havia o serviço rentável de aquecer ganhos de origem ilegal. Dado os grandes volumes, transportados sob as vistas grossas dos parceiros do negócio na fiscalização aduaneira, era possível ainda contrabandear outros gêneros – drogas, inclusive – não mencionados nos documentos de exportação.

Resultado: as mercadorias entravam nos mercados finais a um preço em até 40% inferior ao dos concorrentes formais, em média. Jogo duro. Os lucros eram vultosos. Contavam com as costas largas da nata empresarial dos países compradores. Apenas 20% dos artigos exportados eram destinados ao mercado varejista, de venda direta ao consumidor. O grosso da demanda era para a indústria e principais atacadistas, que atuavam como receptadores, montados em um sólido esquema que começava com o financiamento de campanhas eleitorais e iam até a ponta, bonificando as equipes de rodízio da fiscalização aduaneira.

Mas Anthony queria mais. Formou um *pool* de investidores de seu esquema comercial e, de posse do controle privilegiado de uma boa faixa do mercado receptor, fez-se sócio dos coreanos em uma montadora clandestina de componentes eletrônicos "em algum lugar do Oriente" que, todos sabiam, era Taiwan. Agora com presença no setor de produção, Anthony fechou o controle de toda a cadeia produtiva de sua área de contravenção.

Já podendo seguir sem o sócio, foi quando mais cobriu com mesuras o parceiro Shao Tzu:

– Shao, você é meu talismã! – disse, justificando o presente de aniversário, uma Mercedes.

Mercedes blindada. E não digam que Anthony não avisou.

Madame Shao

Meses depois, episódio nunca esclarecido, Shao Tzu desapareceu quando viajava pela Ásia. Mais intrigante tornou-se o caso com as provas de confiança dadas pela viúva ao ex-sócio do marido, um suspeito presumido. Tão logo sepultou o marido, Madame Shao mudou-se para o arquipélago. Passou a morar com os filhos numa exuberante mansão nos arredores de Portoluz, recuada a três quilômetros da estrada e vigiada de modo ostensivo pelos homens de Anthony.

Não era de agora. Há tempos, ele já se desdobrava em atenções à esposa do sócio, uma chinesinha de pés miúdos e traços finos, em quem ele gostava de provocar o riso fácil com elogios e gestos cativantes. Com o desaparecimento misterioso do marido, a chinesinha suave pôde ceder às inclinações amorosas, de apelo mútuo, com o principal suspeito do assassinato de seu marido.

A relação, íntima, provocava comentários de toda ordem. Nunca apareciam juntos em público. Ela, mais ainda, em raras ocasiões ia à cidade e, quando necessário, sempre o fazia durante o dia, sem descuidar de estar acompanhada dos filhos pequenos, para participar de eventos escolares ou fazer compras. Poucas pessoas privavam de sua amizade. Em casa, raras visitas e nenhum hóspede, afora ele, claro. Como não dava festas, se permitia não comparecer quando convidada, retribuindo aos convites com flores de seu jardim *feng shui*.

Anthony acompanhava de perto o desenvolvimento dos filhos do ex-sócio, assistindo-os em suas necessidades e ainda mais naquilo em que a ausência do pai seria mais sentida. Levava-os para passeios a cavalo pela fazenda.

Ensinava-lhes os primeiros passos na arte da caça e deu a eles o privilégio de uma governanta bem instruída, com quem estudavam espanhol e inglês. Serviço bem feito.

Quando acordava, e saía à varanda do quarto para vê-la, lá estava ela desde as primeiras horas da manhã, desdobrando-se suave como um delicado *origami* nos movimentos precisos de *tai chi chuan*, praticado ao ar livre, próximo a uma fonte dominada pela figura em bronze de um Buda. A imagem lhe dizia: dera tudo certo.

Nunca a abandonou de todo, mas foi, com o tempo, se distanciando. Cada vez mais breves e menos frequentes eram as visitas do amante. Como Madame Shao não era mulher de dormir sem homem, logo passou a dividir a cama com outro. Túlio, o filho jovem de seu capataz, imberbe e, pelo menos até conhecê-la, de uma candura pastoril, quando foi introduzido aos ensinamentos práticos do milenar guia de instrução erótica, o *Kama Sutra*, do qual tornou-se adepto aplicado.

Madame Shao aceitou o cancelamento definitivo das visitas regulares do amante, seu sócio e cúmplice, como um fato esperado. Com o tempo, diminuíra o potencial daquela combustão, volátil, à voltagem mínima de um toque, um só olhar, a mutualidade quase mística da comunhão carnal. Enlouqueciam na cama, ao avesso da fria crueldade com que sacrificaram o homem que se postava entre eles como um empecilho a ser removido. Nada disso foi suficiente para julgar que o amara, de fato, como nunca amara Shao Tzu e jamais amaria Túlio.

– Amor? Sinceramente, eu não sei o que isto quer dizer! – confidenciou ao diário íntimo, certa vez, a misteriosa dama de Taipé, para concluir, aliviada:

– Estive a salvo desse desespero.

Lobos velhos

Então com 35 anos, decidiu ceder às recomendações cada vez mais frequentes dos seus pares da Associação Comercial de Portoluz, instituição de fachada para o cartel do contrabando, e dispensou, não sem antes uma memorável festa de despedida, o séquito de mulheres que transitava o dia todo em trajes sumários pela piscina e pelos pátios de sua casa. Estava conformado: deveria casar-se. Precisava, meliante contumaz, de uma moldura moral que só uma família poderia lhe oferecer.

– Case e vá à missa. – sugeria a mãe.

Anthony reagia:

– Missa, não!

– Então, case e ajude os pobres. Dá no mesmo.

Mas ele, um "pé de chinelo", não confiava naquelas pessoas com quem convivia por força dos interesses profissionais. Medindo os outros por si, vigiava a própria sombra. Não faria esposa a filha de nenhum deles. Mantinha distância daquelas *blondes* tinturadas que cheiravam cocaína e jogavam cartas noite afora, e só acordavam no começo da tarde do dia seguinte para um *tour* lascivo de vinho e sexo em passeios de lancha.

Surpreendeu a escolha feita. Casou-se com Diva, sua secretária, uma morena dominicana, de cabelos escuros e ondulados, lábios carnudos, um corpo miúdo e bem torneado. Aos parceiros da associação, constrangia a pouca formação e origem social da noiva, mas nenhum escondia a saliva de lobos velhos quando Diva transitava tímida, de cabeça baixa. Nela, o recato dos modos só tornava ainda mais incontidos os desejos que sua presença despertava.

Sabia, sobre ele, tudo que lhe era permitido e bem mais do que o patrão poderia supor. Testada pelo chefe, que diversas vezes montou ardis para envolvê-la em algum ato desleal, a secretária dera em todas as ocasiões prova contrária e a certeza repetida de sua astúcia e esperteza.

Pois se casaria com Anthony – o maior dos seus desejos íntimos, quando assentava a cabeça no travesseiro para uma noite de sono – e ao seu lado construiria uma nova lenda para a profusa mitologia do crime naquela república antilhana.

Um casal em evidência

Diva – Divalina Nunes Prata no registro de nascimento – tinha, como o marido, a mesma origem pobre e os mesmos gostos. Música popular, por exemplo. Curtiam sentimentalidades, mas eram dados também a diversões esfuziantes, exímios nas pistas de dança e audaciosos na roleta dos cassinos. Não havia, se era domingo e o sol brilhava, dia sem churrascos, lanchas de pesca e estádios de futebol, cercados de amigos e, sempre, de seguranças.

Uma vez por ano, visitavam parques temáticos mundo afora. Mostravam os vídeos de viagens aos mais próximos. Diva colecionava sabonetes de hotéis. Deslumbrados, iam exibir em Miami o que compravam em Tóquio. Sentiam a euforia dos simples. Compartilhavam o desprezo aos hábitos afetados, segundo eles, dos bem nascidos.

Ela desdenhava, ao ver milionários americanos entretidos nos campos de golfe da ilha:

– Gente... olha que povo mais sem graça!

Era miúda, Anthony também. Ele disfarçava a estatura usando sapatos com solados altos e calças de cano longo com camisas de listas verticais. Não tirava do peito as correntes de ouro, em cada uma a medalha de um santo da devoção materna. Acreditavam que a coisa funcionasse mesmo assim: ele roubava, a mãe rezava e tudo dava certo.

Deslumbrados, cultuavam celebridades. Fotos do casal ao lado de ídolos de massa decoravam a sala de jogos de casa. Sentiam-se à vontade entre jogadores de futebol. Paparicavam os negrões. Colecionavam camisas de clubes assinadas por eles.

Esmeravam-se em receber cantores latinos de gosto discutível, mas de grande apelo popular, em festinhas *privês*, quando de passagem pelo arquipélago. Mimavam seus ídolos com modelos eletrônicos *hi-tech* de última geração e encharcavam suas narinas com pó de "procedência confiável".

Especialmente excitante para eles era exibir o relacionamento com famosos em revistas de celebridades. Pagavam bem. Chegavam a mudar toda a mobília e decoração dos salões para apresentar algo diferente do que fora fotografado para a uma edição mais antiga.

Tudo fazia crer que chegara lá. Carecia, fácil perceber, de autoestima suficiente para agir de modo tão discreto quanto recomendavam as obrigações sociais de seu ramo de negócios. Sua necessidade de exposição denunciava a ferida aberta naquela noite de verão, quando, abraçado à mãe, fingira dormir para dar a ela algum conforto.

A carta sobre a mesa

A carta veio em envelope comum, junto a um lote de correspondências. Chegara às suas mãos quando já se retirava do escritório. Passou a vista em todas e deixou-as sobre a mesa de trabalho. Aquela, colocou no bolso.

À noite, permanecia acesa a luz sobre o criado-mudo. Diva acordou:

– O que houve?
– Nada.
– Nada, como?
– Nada. Nada mesmo.
– Você não é de perder o sono por nada.

Olhou-a por um tempo. Finalmente, disse:
– Uma carta.
– Que diz a carta?
– Não sei.
– Quem mandou?
– Meu pai, acho. Não abri. – e, entregando o envelope em branco, pediu – Abra.

Diva retirou as folhas. Viu a caligrafia rudimentar, de traços masculinos, e foi logo ao final da segunda página para ver quem a assinava. Estava lá: "Antonio Silveira".

Diva a leu em voz alta. A carta pedia um encontro. Apesar de ter dito e repetido nada pretender, além de ver o filho e pedir perdão, não conseguia manter oculto o interesse. Fora aplicado em detalhar que se encontrava doente e sozinho, repetindo, ainda uma vez mais, a confissão do seu arrependimento.

– O que você vai fazer?
– Nada.

Ela quis alertá-lo:
– Ele vai insistir.
– Vou fazê-lo desistir.
– Como?
– Vou ver...

Virou-se de costas. Diva percebeu sua dificuldade em tocar no assunto. Abraçou-o sem dizer mais nada. Adormeceu. Ele não.

De longe

Dias depois, Anthony respondeu a carta. Marcava encontro no mesmo lugar onde se viram pela última vez, no píer de embarque da estação marítima de Portoluz. A sugestão do local já seria uma mensagem para o velho Antonio. Pensou com isto prepará-lo para a frustração de suas expectativas. Queria apenas registrar: aquilo não se faz. O "covarde", ruminava Anthony, seria "humilhado".

Antonio foi. Chegou às três da tarde, o horário marcado. Anthony chegara um pouco antes. Sentou-se numa mesa do café próxima à janela de vidro, no segundo piso da estação, de onde tinha uma visão privilegiada de toda a extensão do píer sem, contudo, poder ser visto por quem estivesse lá. Pediu vodka e quase não provou.

Ficou observando a figura magra daquele desconhecido que o colocara no mundo. A imagem do homem velho sentado no banco de uma estação vazia era apenas a imagem de um homem velho sentado no banco de uma estação vazia, como a sequência longa de um filme tedioso. Enquanto observava, tentava recuperar na memória vestígios do dia em que fora abandonado por quem agora o aguardava, ansioso por uma promessa de perdão, e as imagens, de tão rarefeitas, mais pareciam frutos de sua imaginação, sem a força sensorial de uma lembrança de apelo forte.

Observava, apenas: Antonio agora ia e vinha, passos inquietos, de um lado a outro do píer, o olhar dividido entre o relógio da estação e o horizonte de poucas nuvens. Se aquilo provocava angústia, era mais pensada que sentida, e a indiferença, a aspereza dessa coisa percebida e não vivida, era para ele um sinal promissor de que sobrevivera a tudo aquilo. A contemplação da figura solitária do homem não lhe impingia sofrimento. Tão pouco redimia o personagem. Não era suficiente para dar sentido à sua permanência ali. Iria embora.

Colocou algumas moedas sobre a mesinha redonda de mármore do café e fez sinal para o garçom. Estava de saída. Foi para o jóquei. Um de seus cavalos estaria no páreo das dezesseis horas e queria conferir se estava bem recuperado da lesão que sofrera há duas semanas.

Nunca mais teve notícias do velho Antonio e jamais comentara com a mãe sobre o episódio. Marlene nunca soube que o marido voltara a manter contato com o filho.

O conto dos búzios

Talvez seja dispensável dizer que Anthony era audacioso. O medo, de tão raro, o assaltava como sensação de mau presságio. Era o seu ponto fraco. Se algo o inquietava, logo recorria ao apoio espiritual em Mãe Manequinha, sessenta anos de búzios e tambor na santería de Ugá. A matriarca dos povos embrenhados no vale estreito de Vazantes, refúgio dos primeiros escravos foragidos de Santacruz, era a quem ele ouvia quando uma súbita sensação de fragilidade colocava em pane seus nervos de aço.

Desta vez, foi diferente. Partira dela a iniciativa:

– Diga ao "pé de chinelo" que venha...

Duas horas e meia de viagem na rodagem estreita e sinuosa que conduz a Vazante, margeada por bananais morro acima e casinhas de barro e palha, e lá estava ele debruçado sobre os búzios jogados no círculo de contas azuis e brancas pela mãe de santo.

Manequinha falou baixo, pausado:

– Você tem que ouvir a velha, viu?

– O que você quer que eu faça, mãezinha?

– Ajuda o homem, meu príncipe...

– Ajudo, sim, mãezinha, mas quem?

– O velho Raul vai dar as ordens... Você vai se ver com gente dele.

A preta jogou os búzios de novo e confirmou o vaticínio:

– Se ajunta a ele, viu?

– Pode deixar! – respondeu, assegurando de se manter assim sob a proteção da mãe de santo.

Não se passaram duas semanas até que Anthony se viu diante do tesoureiro do Partido Trabalhista, Akiro Motta, em um encontro que lhe parecia casual. Akiro lhe fora apresentado por um amigo comum como o "caixa" da campanha presidencial de Raúl Ferraz, o "velho" que, segundo Manequinha, daria "as ordens".

Quando apresentados, o amigo disse ao tesoureiro que o empresário "poderia dar uma grande ajuda". Lembrou o conselho da mãe de santo – "se ajunta a ele, viu?" – e sentiu calafrios. Era verdade, então. Akiro nem precisou se dar ao trabalho de pedir.

O contrabandista tomou a iniciativa:

– Como faço para ajudar meu candidato?

Akiro Motta conhecia as angústias daquele tipo de *player*. Haveria eleições. O poder mudaria de mãos. Homens como Anthony, que atuavam na informalidade, deveriam manter-se atentos à ascensão dos novos parceiros potenciais. Colaborar era uma boa iniciativa.

Akiro, com gentileza:

– Agradeço a sua boa vontade. Pessoas como você são um exemplo da capacidade empreendedora do nosso povo. Vamos precisar de gente assim!

Sempre tomava ao pé da letra as recomendações de Mãe Manequinha:

– Conte comigo, Akiro. Sinto-me no dever de colaborar!

A contribuição chegou em três dias, uma maleta com cédulas de vinte e cem dólares. Conforme os termos acertados, pois, é certo, havia um conluio, vinte por cento da contribuição foi para o "amigo comum" que intermediara o encontro e outros dez por cento para Mãe Manequinha, que se comprometeu em fazer, e fez, a sua parte. O restante nunca atravessou o portão do Partido Trabalhista. O malandro tivera o seu dia de otário.

Onde está o fotógrafo?

De todos que escolhi como referência para os personagens que decidira criar, este foi o mais receptivo. Não precisei da intermediação de ninguém para chegar a ele e pedir a oportunidade de uma série de encontros. Eu era jornalista e este era o seu ponto fraco.

Vimo-nos pela primeira vez em sua própria casa. Ao chegar, antevi, na solicitude exacerbada dos empregados que me receberam, a ansiedade do patrão. Fui surpreendido pelo traje que vestia, muito formal para a natureza de nosso encontro. Se há algo capaz de fazer um ricaço colocar gravata numa tarde de sábado é a presença de fotógrafo. Certamente, deduzi, era o que ele procurava, desconcertado, olhando sobre os meus ombros.

Não se conteve:

– Trouxe o fotógrafo?

Esclareci sobre o caráter "relativamente ficcional" do trabalho e a relevância que daria ali aos aspectos mais pessoais, psicológicos e culturais, das pessoas escolhidas para entrevistar. Pedi que ficasse à vontade. Não haveria reportagem com Anthony Silveira.

Iniciava assim os primeiros encontros. Cada um reagia a seu modo. Marilu não acreditou. Tião Bento tão pouco. Ainda assim, ela abriu a guarda. Ele, não. Já Anthony não parecia preocupado sequer em entender o meu propósito, mas reagiu a sua maneira: sem revelar nada de específico, colocou-se confortável diante das questões levantadas e situou sua experiência diante delas sem constrangimento.

Depois de alguns minutos de aquecimento, em que procurei produzir alguma empatia, identificando pontos de vista comuns a respeito de coisas triviais, comecei a sondar a sua própria percepção sobre as motivações comuns a todos os meus personagens, isto é, a ascensão social por meios ilícitos, o atalho do crime para o poder e a fortuna.

Fazia pouco caso da versão vigente no discurso político. Gostei de sua leitura:

– Não é a pobreza que coloca a pessoa no crime. É a riqueza na mão de poucos. Não há muitos ladrões onde só há pobreza e não há tantos, onde todos vivem bem.

Sempre me perguntava, disse a ele, por que, mesmo tendo já alcançado um padrão confortável de vida, muitos persistiam no crime, alguns com ainda mais ousadia e risco. Quis saber o que havia, afinal, no dinheiro que justificasse viver tão perigosamente.

Contornou:

– O cara corre atrás de dinheiro e se encontra com uma coisa maior: prestígio, poder. A pessoa dá mais importância a um elogio, mesmo falso, do que à cama boa em que dorme.

– Vaidade, apenas?

Buscou razões mais pragmáticas:

– Dinheiro sujo não é só um negócio. É um jogo de poder. Bandido não se aposenta. Quem para, cai. Quem sai, morre!

A certa altura, vendo-o tão à vontade, arrisquei saber o que, no seu caso, foi o mais difícil. Ele – minha intuição estava correta – não se recusaria a comentar:

– O mais difícil é agora. Chegar ao topo não é o mais difícil. Ficar lá, sim, exige muito.

Fez uma pausa, à espera da pergunta previsível:

– Por quê?

– Porque você se torna um personagem. Não escolhe mais os amigos. Deve inspirar medo nas pessoas. Afagar os inimigos quando preferiria matá-los. Você só faz o que quer se, antes, fizer o que precisa. Nem sempre você quer fazer o que precisa ser feito.

Tentei ponderar:

– Mas você não se considera um homem livre?

Manteve-se irredutível:

– Não. Um homem como eu nunca está livre. Apenas estou preso pelo lado de fora. Fui livre, quando fiz as minhas escolhas, mas, hoje, sou escravo delas.

Alternava momento assim, em que ensaiava maldições ao seu destino, a outros, quando parecia sentir-se mais gratificado com o resultado de suas atividades. Animava-o falar mal dos políticos. Corruptos, serviam como emblemas, segundo ele, ainda mais degradados, para o alcance da vileza.

Sobre eles, a quem chamava de "sócios", era irônico:

– Neste país, burlar a lei é muito estimulante: há muita competitividade.

– Perigo vicia?

Tentava convencer-me:

– A sorte odeia os covardes. A ambição tem faro. É a energia do crime. Você acredita nisso?

Sim, eu acreditava: vivia honestamente e sabia quão distante da riqueza estava. O cenário mental de gente como ele é, logo percebi, paranoico, exacerbado pela ausência de regras no ambiente em que disputa territórios, clientes e privilégios. Um ególatra. Não escondia. Ao contrário.

Jactava-se:

– Prefiro cem por cento de cem a dez por cento de mil.

Mudei de assunto, repentinamente, como fazia às vezes para surpreender sua espontaneidade:

– Você lê?

– Revistas, material de trabalho, nada mais.

– Livros...

– Nenhum.

– Não gosta?

– Não. É tudo mentira. As maiores mentiras estão escritas. Só as pequenas são ditas.

Já à porta de casa, disse-me que tínhamos um amigo comum, o advogado Umberto Pillar.

Arrisquei uma intimidade:

– Umberto já foi seu advogado?

E ele, ferino:

– Nunca! Não vê que estou solto? – e soltou uma gargalhada, indicando a porta do carro que me levaria de volta.

Shangrilá

Quando nos conhecemos, Ana Rita já atuava na base urbana de apoio ao MAR, o Movimento Armado Revolucionário, braço guerrilheiro do Coletivo Socialista, membro mais radical da federação de inimigos íntimos, os pequenos grupos que disputavam a hegemonia do movimento comunista no arquipélago.

O MAR resistiu por cinco anos como foco guerrilheiro nas montanhas de Colinas, Ilhas do Sul, habitadas por plantadores de café descendentes de escravos, dolentes e católicos, de quem nunca os guerrilheiros receberam apoio suficiente para ampliar as fronteiras de combate, até a dissolução total do movimento.

Documentos do Exército, mantidos em sigilo até a pouco e só recentemente divulgados por força de iniciativa parlamentar, revelam como quatro homens, famélicos e desnorteados, foram recolhidos na margem direita do rio das Coivaras e assassinados a sangue frio ali mesmo, tendo apenas um bando de araras e as nuvens do céu por testemunha.

Ana iria cumprir um enredo típico de sua geração, não fosse uma Günter, herdeira de um complexo empresarial com investimento em países do Caribe e América Central. À família, nada restava, senão tolerar em segredo a presença entre eles de um inimigo do patrimônio.

O velho Rodolf repetia, resignado:

– Eu posso perder tudo que tenho para os comunistas, mas não posso entregar minha filha à polícia.

O pesadelo familiar começou quando dela se aproximou o também estudante de filosofia e militante do MAR, Palmiro Neto, um rapaz de classe média, falante e audacioso, bem quisto pelas universitárias em geral. Com ela, já noiva, namorava, escondidos no bosque do campus, nos intervalos dos compromissos acadêmicos.

Chamavam de "shangrilá" aquele recanto onde se refugiavam para longas tardes de amor, sustentadas a sanduíches. Até então, ainda não decidira romper o noivado com Mathias Lindermman, um riquinho bon vivant. Criador de cavalos, Lindermman era capitão da seleção nacional de polo e fazia o gosto dos futuros sogros.

As coisas começaram a se definir quando Ana entrou para a célula universitária do Coletivo Socialista, grupo revolucionário em que o amante, então com 24 anos, já se destacava como um dos principais quadros de direção. Uma noite, foi escalada pelo namorado para uma vigília – com ele, claro – no aparelho clandestino onde eram mantidos caixotes de munição que seguiriam para as montanhas na manhã seguinte. Foi suficiente para decidir-se pelo seu herói.

Rompeu com Mathias Lindermman. "O que ele tem?" – compartilhava com amigas seu dilema e ela mesma respondia: "Dinheiro! Ora, é do que menos preciso".

Agora, formaria na vanguarda revolucionária de uma insurreição popular – iminente, passou a acreditar – pela qual desapropriariam os bens privados do país e nele instalariam uma sociedade sem classes, sob a liderança incontestável do proletariado. Tratasse a realidade de se adaptar às suas intenções. Estava decidida: faria uma guerra.

A família nada soube, no início, a respeito das motivações de Ana, quando pôs fim ao noivado. Foi o ex-noivo, infiltrando-se mediante compensadoras gratificações entre colegas de curso de Ana e Palmiro, quem trouxe à família as informações dando conta de que uma "lavagem cerebral", tirou dele a futura esposa e plantara no seio familiar o fruto podre da desídia.

O imperador do fim do mundo

– A Justiça sou eu!

Jamil Colasso, governador do distrito de Ilhas do Meio, passara a repetir aquela frase com frequência cada vez maior e, mais recentemente, também em declarações públicas. Preocupava o jurista Paulo Medina, Procurador distrital em seu governo, aquela resposta, já habitual, oferecida pelo seu chefe, quando alertado por auxiliares ou denunciado pela imprensa, sobre o precário respaldo de suas decisões na forma fria da lei.

– Eu! Eu sou a Justiça... – repetia com sangue nas têmporas, procurando acalmar-se. Governava Ilhas do Meio como uma capitania colonial.

Todos sabiam o que Jamil pretendia dizer com aquilo: mantinha sob controle o Judiciário, posto em mãos amigas – era voz corrente, o presidente do Tribunal de Justiça, Camargo Sena, agia como serviçal, fazendo da instituição magna uma extensão dos interesses do governador.

Nos bastidores, não havia segredo: Sena, meritíssimo, atribuía ao próprio filho, o advogado João Camargo, a função de distribuir entre os desembargadores, pares do pai, o soldo gentil, provido pelo governador em retribuição aos favores obtidos junto à Corte.

Indicado desembargador por Jamil, Camargo Sena chegara à Presidência do tribunal também por influência sua, tendo dado a ele lealdade em prova de sangue: Mila, a filha mais nova do jurista – esguia e sinuosa, puro estrogênio – tornara-se amante do governador aos dezenove anos.

Mas essa história eu escreveria sem poder recorrer ao seu protagonista. Ele não apenas se recusava a me receber como destacou mensageiros para trazer a mim diversos recados. Eram mensagens sem nexo aparente, mas citavam com precisão dados de minha vida pessoal, como endereço residencial, placa do carro de minha esposa, o nome de minha mãe e até o endereço eletrônico de certa mulher casada cujo nome eu jamais desejaria ver associado ao meu e vice-versa.

Daria meu jeito. Havia gente com disposição suficiente para prestar informações a respeito dele, garantido o sigilo da fonte. O personagem rendeu, como todos que inspiram sentimentos díspares de amor e ódio.

O "amigo do papai"

Mila tinha uma expressão nativa, herdada da ancestralidade indígena da família materna, ainda mais acentuada pelo cabelo liso, que cultivava ao meio das costas. Pernas longas e pele marrom, de olhos amendoados e o rosto de traços angulosos, traços típicos de uma caraíba das matas de dentro. Ao corpo de ombros largos e seios fartos, adornava um sorriso que fazia relativas todas as virtudes. Uma beleza temerária.

Aos catorze anos, já recebia os primeiros gestos de afeição do "amigo do papai". Ele dizia, olhando-a com indisfarçável atração:

– Camargo, essa menina vai te dar trabalho!

A mocinha baixava a cabeça. Embora constrangido, o pai não estava alheio às oportunidades da benquerença e, com o tempo, o amigo influente se tornara mais sugestivo:

– Essa menina merece as atenções de um Colasso!

Sena imaginava uma menção a Otto, filho do empresário, como seu provável futuro genro, mas era o pai quem a cobria de mimos, preparando desde cedo o sentimento da família para a imposição de seus desejos. Levou-a à

Disney aos doze e a Paris aos quinze anos. Aos dezoito, um BMW conversível: tudo que de melhor a ela aconteceu entre a puberdade e a idade adulta tinha como marca comum a atenção constante do influente amigo de seu pai.

Cedo, Jamil lhe provocou a ambição, abrindo uma a uma, como portas de um castelo, as experiências irreversíveis do conforto, enquanto, por outras vias, brindava seu pai com vantagens e privilégios outorgados sob o manto espesso de sua influência. Cedo também, Mila se deu conta de que os grandes acordos não se fazem à mesa. Tornou-se bonequinha de luxo.

Logo quando completou a maioridade, passou a viver para ele. E viveu como princesa, sem nada lhe faltar. No início, Jamil chegava quase sempre no início da noite e nunca saía depois das dez, mantendo as aparências e poupando-se das reclamações de sua mulher.

Inevitável, o *affair* tornou-se de conhecimento público. Apesar dos aborrecimentos familiares, os rumores o beneficiavam, pois, agora, sentia-se à vontade para dedicar mais tempo à companhia da amante. Viajavam separados e hospedavam-se no mesmo hotel. Ninguém os via juntos no país, mas, nos feriados mais longos, em Saint Martin ou Belize, andavam sem cuidados. À esposa, dona Bianca, com quem já vivia sem os filhos, ambos casados, e nenhum relacionamento carnal, impôs o romance como fato consumado.

– Com a mocidade, foi-se a compostura! – dele reclamava a esposa aos filhos, entre a vergonha e a resignação.

Se havia, e dizem que sim, outros homens, a amante era discreta em aventuras eventuais com eles. Deixava-se acompanhar apenas por algumas amigas. O amante lhe tinha grande atenção, sabia. Valorizava sua inteligência, apoiando-a no esforço de obter boa formação profissional. Sendo, ademais, bom amante – segundo ela, carinhoso e viril – ele a fizera feliz por algum tempo ou, pelo menos, fez-se convencida disso, retribuindo a tudo com uma afeição sincera.

Mais adiante, viram sumir o vulto da fantasia comum. Fora, bela mulher, capaz de fazê-lo sentir-se mais jovem, tomado por um novo ânimo, mas agora, era cada vez menos disponível, mais desatento ao olhar e indiferente aos gostos. Já via no amante mais velho todas as lacunas, nunca compatível com o modelo de parceiro traçado nas expectativas íntimas de uma mulher como ela. "Merecia", não conseguia evitar a constatação, "algo mais".

Os ímpetos de sublimação do amante, antes apaixonado, disposto a crer, uma vez mais, na utopia amorosa, esgarçavam-se ao sopro ácido dos ressentimentos. Ele, tal como é quando sob pressão dos fatores reais, não tardou a impor-se em temperamento sobre o "velho iludido e fracassado" que enxergava em si agora.

O ciúme de um paranoico violento é sempre uma arma pesada. Em meio aos repetidos rumores, nunca confirmados, passou a cercá-la de detetives, munidos de teleobjetivas e aparelhos de escuta. A renomada eficácia dos métodos escolhidos não tardou a mostrar resultados.

Um rapaz de 24 anos, baterista de uma banda de rock em evidência, saiu das páginas de entretenimento para as notícias policiais quando seu rosto apareceu todo machucado nas fotos dos jornais como um caso não esclarecido de espancamento.

A amante o conhecia e pretendia conhecê-lo mais. Não tinha, portanto, dúvidas sobre as motivações de quem mandara espancá-lo. Informada a respeito de quem seria o principal suspeito pelas agressões, a família do roqueiro desistiu de fazer boletim de ocorrência na delegacia de polícia.

Outro, um arquiteto, 31 anos, tido como gestor competente, ocupava cargo de confiança à frente do Instituto do Patrimônio Histórico, mas o perdeu em rito sumário, sem o direito de conhecer as razões de seu afastamento. Um amigo seu, lotado na assessoria especial do Ministério da Cultura, viu-se obrigado a alertá-lo para o fato de que "alguém muito influente" estava bastante desapontado com ele, motivo de sua inexplicada demissão.

Por onze anos, foi, talvez seja pouco dizer, um relacionamento instável. Dependente e doentio. Ninguém, por mais próximo de Mila, saberia explicar a razão íntima – se razão houvesse – para manter-se presa ao círculo neurótico daquela relação. Contudo, um dia, tudo acabou, e somente quando engravidou e, grávida, decidiu, à revelia, viver a plenitude mítica da maternidade. Teria a criança, adiantou-se em informá-lo. Ele não gostou nem um pouco da notícia.

"Dentro de você"

É oneroso sair da vida de um homem possessivo, autoritário como Jamil Colasso, se essa não for a vontade dele. Ao engravidar sem seu consentimento, Mila colheu tempo ruim. Quando desistiu de convencê-la, em vão, a interromper a gravidez, rompeu o relacionamento de onze anos, período em que fora ela, de fato, sua mulher.

Na última conversa – chamemos aquilo de conversa – a gestante ainda insistiu:
– Este filho é seu!
Não contemporizava:
– Filho meu, nascido contra a minha vontade, morre no berço!
– Você está me ameaçando?
– Não. – respondeu de pronto, com o dedo apertando sua barriga de gestante – Estou ameaçando a criança.

Já grávida de três meses, numa de suas intermináveis discussões, ela explodiu. Jogou a cristaleira ao chão e disse coisas que deixaram hematomas no seu olho esquerdo e no queixo. Apelava ao sentimento do amante e era humilhada, aos gritos:
– Eu te comprei, já esqueceu? Pergunte ao seu pai!

Logo em seguida, esforçava-se em parecer arrependido do que dissera, curvado aos seus pés, quase implorando, mas desastrado nos termos:
– Tire isso de dentro de você!

Arrasada, diria, entre soluços, no divã da analista:
– Ele chamou o nosso filho de "isso"!

Foi para uma clínica, seguindo prescrições médicas. A internação acrescentava, à necessidade real de repouso e medicação, uma razão maior: era um lugar no país onde o amante não poderia entrar sem pedir autorização.

O acordo, aos cinco meses de gravidez, foi péssimo para ambos e o menos danoso à criança que, sim, nasceria, para desgosto do pai. Um amigo da família assumiria a paternidade formal. Ela renunciaria a qualquer tipo de indenização. Vendeu o apartamento e saiu do país.

– É por um tempo. – dissimulava às amigas.

Muito tempo. Mudou-se com o filho para Barcelona, onde se tornou produtora de moda requisitada. Vinha com frequência ao arquipélago, para fugir do inverno europeu e rever a família no Natal.

O filho do Joca

Jamil não nasceu coroado. Seu pai, João Carlos, o ex-goleiro Joca, duas vezes campeão nacional pelo Columbia, tornara-se comerciante quando pendurou as chuteiras. Dono de uma lojinha de duas portas, vendia material de construção consignado, ajuda oferecida por um fanático torcedor do clube auriverde, empresário da construção civil. Joca morava com a família no piso superior da loja, a mulher, os três filhos homens e a sogra, presa a uma cadeira de rodas e aos tremores do Parkinson.

A glória efêmera, que não lhe rendera nada, dera a ele popularidade. Era querido no bairro. Com seu prestígio, ajudara a eleger um deputado, mais tarde secretário de Obras, dando a ele expressiva votação nas urnas do bairro. Quando o deputado o chamou para retribuir o apoio, a vida começou a mudar.

O governo havia decidido construir um centro administrativo, reunindo todos os órgãos públicos de Ilhas do Meio em um só local. O secretário pretendia "fatiar" com ele uma parte do fornecimento de material para a construção, sobretudo acabamento – vidro, granito, cerâmica, esquadrias – mais rentável. Era uma participação decimal no conjunto do negócio, mas suficiente para melhorar as instalações de sua loja e diversificar a oferta de produtos.

A manobra era simples: o comerciante despacharia os caminhões para a obra com uma carga e quatro autorizações de entrega. Os veículos passavam quatro vezes pela guarita de controle, faturando uma quantidade de produtos declarados muito superior ao volume recebido no canteiro de obras. Somente na última entrada a carga seria recolhida.

Algum tempo depois, um acidente cardiovascular deixou Joca inapto para o trabalho. Cedo, Jamil, o primogênito, assumiu o negócio da família. O pai se empenhara em lhe dar uma boa educação. Tinha concluídos os estudos do nível médio.

Dividia-se entre a loja e os livros. Formou-se em engenharia civil. Na universidade, cultivou bons relacionamentos. Abriu uma firma de construção especializada em obras públicas e não demorou a estabelecer sólidas parcerias com gente bem situada nos escaninhos do poder, onde se decide o destino dos bons contratos.

Com o golpe militar e o regime instalado, cuja censura impedia a imprensa de denunciar atos corriqueiros de tráfico de influência e formação de quadrilha, havia curso livre para as operações em que ele mais se especializara. O faturamento dos Colasso multiplicou-se.

Um dos nossos

Falava a verdade, quando dizia em seu favor ter apoiado o novo regime desde o período conspiratório, quando formava junto às brigadas anticomunistas, de numerosos adeptos no curso de engenharia, onde estudava. Era lá o quartel-general, onde estocavam munição para explosivos precários e promoviam reuniões secretas. Seus membros não agiam, até então, com maior desenvoltura. No início, era mais uma confraria fascista do que um aparelho organizado por agentes aptos para as operações complexas e ensaiadas.

Com o acirramento da crise política, no entanto, passaram a receber recursos e treinamento de grupos paramilitares mantidos à sombra das facções "linha-dura" do exército. Afastou-se antes, tão logo percebeu o esgotamento da fase diletante do movimento, alegando a necessidade de se dedicar às suas responsabilidades com a administração da loja e o sustento da família que, de fato, dependia dele.

Tinha, contudo, feito amigos ali. Era mais fácil agora ser reconhecido como um "colaborador sincero". Entranhou-se ao máximo. Passara a frequentar o Clube Militar e distribuir favores proporcionais às patentes. Não tardou a ser solicitado para uma adesão ainda mais comprometida com a causa. Deu demonstrações sobejas da lealdade solicitada e foi em frente, fazendo amigos no poder e contribuindo além das expectativas.

Organismos internacionais de direitos humanos passaram a receber informações cada vez mais seguras da presença dele na lista dos empresários que prestavam contribuição regular para cobrir as despesas das organizações paramilitares dedicadas à repressão política.

Na surdina, os militares confirmavam:

– Jamil é dos nossos.

Tudo em família

Quando fora indicado governador em Ilhas do Meio por decreto militar, logo depois da instalação do regime fardado, já havia estendido os tentáculos de sua influência a limites nunca antes alcançados na história do pequeno arquipélago.

Além de atuar no ramo de obras, passou a importar bens de capital, constituiu um plano privado de saúde, uma rede varejista de eletrônicos, distribuía refrigerantes e alcoólicos importados, e estabeleceu parcerias com grupos estrangeiros na montagem de uma rede de hotelaria.

Mantinha comportas abertas por onde quer que pudesse passar um veio de recurso público, fosse por financiamento a juro baixo, prestação de serviços ou concessão fiscal. Nem sempre tinha o nome declarado na composição do capital das empresas.

Próximo ao limite de sua capacidade de expansão, sentiu que havia chegado o momento de consolidar, proteger a retaguarda de seu aparato. Fora aconselhado a entrar no ramo de comunicação, abrir canais de influência direta sobre a opinião pública, cada vez mais relevante com a perspectiva do retorno ao regime de voto.

Recebera dos militares concessão para montar uma emissora de televisão. Como captou os recursos e de que modo foi negociada a dívida permanecem até hoje como tema de controvertidas versões. Com o tempo, não se tornara mais possível definir com precisão em que ordem colocar as relações de causa e efeito entre o sucesso do novo empreendimento e a popularidade do regime.

O homem não confiava em ninguém, pois, para isso, talvez fosse obrigado a admitir sua inferioridade moral. Tratou, então, de formar na própria família os "cães de guarda" de seus negócios. Os irmãos, João Neto e Eliseu, cuidavam de tudo. Chegaram a ter seus nomes identificados na Fazenda pública como representantes legais de 34 registros jurídicos de empresas privadas. Eram avessos à política e badalação. Fora do ambiente de trabalho, era mais fácil encontrá-los numa quadra de tênis ou pescando em alto mar em seus barcos de luxo.

Os filhos eram dois, Otto e Olga. O primogênito era o parceiro do pai na vida pública. Falava em seu nome. Como não herdara o estilo truculento, habituou-se desde cedo a aparar arestas e recompor estragos. Mantinha diálogo com as correntes mais progressistas, à margem da ação legal por ato de força do regime militar. Vaidoso, Otto gostava de abrir sua casa na colina do Salgueiro para receber autoridades estrangeiras. Tinha contatos no Partido Democrata norte-americano e com a Social-Democracia da Europa central. Conversava com o mundo.

Amor e ódio

O pai orgulhava-se da desenvoltura de Otto, mas reservava para a filha, Olga, as melhores atenções. Todo o esforço dedicado à sua educação foi no sentido de torná-la uma pessoa feliz. Exercia um fascínio desmedido sobre o pai, com quem fora sempre muito carinhosa.

Era ela quem tratava de conter a mãe em suas insatisfações com o temperamento súbito e as ausências do marido. Da família, foi a única a manter relações amistosas com Mila, amante do pai, a mulher, de fato, de seu herói.

Mas justo do círculo íntimo de Olga surgiram as razões de maior desgosto para Jamil, nada que pudesse supor quando aceitou o casamento da filha com um queridinho do *high society*, Matheus Borges Neto, próspero empresário da engenharia naval, proprietário da prestigiada marca Coralis. Fabricava iates. Como a filha, Matheus passou a receber também especial atenção. O sogro os queria sempre próximos, eles e os dois netos gêmeos que lhe deram.

Enciumado, o filho Otto rastreava de perto os movimentos do cunhado amparado em um esquema profissional de informação. Não agia movido apenas por razões sentimentais. O Patrimônio sangrava. Matheus era brindado pelo sogro com um constante aporte de capital em seus empreendimentos, alguns temerários, outros não suficientemente explicados, à margem do controle da *holding*.

Ao fim, comprovaram-se até modestas as suspeitas iniciais diante do que fora levantado. Otto identificara desfalques de grande monta, aplicados pelo cunhado contra o patrimônio familiar, sonegando informações sobre rendimentos e desviando recursos para outros negócios.

Entre os indícios, algo daria ao caso um desfecho trágico: o *leasing* de aviões de pequeno porte, usados para cumprir trechos no transporte de drogas, o narcotráfico, e em parceria com grupos de interesses conflitantes aos do sogro, em outros ramos de atividade.

Com o seu dinheiro – primeiro agravante, assim compreenderia Jamil – e sem que ele soubesse, se sentiria traído em família. Matheus associou-se a adversários seus, para ele, ato imperdoável – em um "negócio estúpido" – recriminaria. O genro semeara os piores ventos.

Otto conhecia o pai. Sabia até onde ele poderia chegar, quando soubesse, mas falhou feio, ao perder o controle sobre as informações. O velho soube de tudo por intermédio de agentes federais que subornava, cientes de todo o processo de apuração patrocinado pelo seu filho à margem da autoridade pública, mas com o imprevisto acompanhamento dela.

Jamil dispensou o genro de explicações. Sua filha, Olga, estava em casa, ao lado da mãe, quando recebeu a notícia. O marido havia falecido em circunstâncias não esclarecidas. Matheus fora encontrado morto, com três tiros de pistola, um na cabeça e dois no peito, estendido no quarto de um modesto hotel, na altura do km. 22 da estrada, pouco movimentada, que liga Sinay às aldeias do Sul da ilha. Olga nunca mais quis ver o pai.

A paranoia de Narciso

No poder, tornara-se pior. Suas empresas não reconheciam mais concorrentes, só adversários. Otto estava cada vez mais preocupado com o agravamento do narcisismo paterno, com sintomas paranoicos de conduta. Comentara o assunto com os tios, João Neto e Eliseu. Também se esforçavam, disseram, para mantê-lo alheio a algumas circunstâncias, mas o "chefe" – o chamavam assim os irmãos – estava sempre atualizado a respeito de tudo. Tinha informantes por toda parte.

Um dia, Jamil acordou convencido de que deveria comprar a empresa de televisão a cabo, única no arquipélago, mas não aceitou pagar o preço pedido pelo proprietário. Pior. Recebera a contraproposta como manifestação de hostilidade.

Reagiu ao seu modo. Os cabos de transmissão da TV por assinatura se distribuíam pela rede de iluminação pública da companhia de energia, propriedade do Estado. Algumas equipes técnicas, responsáveis pela manutenção da rede de transmissão, começaram a executar a rotina de revisão em horas mais avançadas da noite. Estranho. Não era a norma.

Coincidência ou não, e claro que não, começaram a surgir reclamações cada vez mais frequentes, em áreas alternadas da cidade de Sinay, de corte de transmissão da TV a Cabo. Quando verificado o problema por pessoal próprio, a empresa encontrou os cabos de transmissão partidos, ocorrência inexplicável pela via dos eventos rotineiros.

Constataram o absurdo: o poder público estava patrocinando atos de sabotagem e vandalismo em favor dos interesses privados do governador. Assim era, assim seria.

O fato é que a qualidade do serviço oferecido pela TV a cabo logo caiu para níveis insustentáveis, ocasionando congestionamento de queixas no órgão de defesa dos direitos do consumidor e o cancelamento em massa de assinaturas.

A empresa viu despencar o seu valor real de mercado em poucos meses. Mesmo a contragosto, o proprietário transferiu a carta de concessão pelo preço que o governador aceitava pagar. Sem alternativa, assinou o "termo de rendição". Foi fabricar cosméticos.

Não era caso isolado – eles são de perder a conta. Uma, em especial, constrangeu até aos mais próximos. O governador fora procurado por Rodrigo de Oliveira Ramos, ex-funcionário de sua construtora. Ramos chegara a ocupar a diretoria financeira da empresa por pouco mais de três anos. Construíra com o ex-patrão laços de lealdade, tendo o convidado para padrinho de seu primeiro filho. Já aposentado então, o executivo decidira abrir seu próprio negócio.

Queria se dedicar à produção de um refrigerante popular, de baixo custo, com capacidade decimal de participação no mercado. Ciente da baixa tolerância do ex-patrão com a concorrência, o procurou para se certificar de que ele não faria qualquer objeção à realização do empreendimento, como maior distribuidor de produtos do gênero no mercado.

Corolário de toda uma vida de bons serviços de gestão prestados a empresas de terceiros, Rodrigo queria agora colocar toda a sua experiência a serviço de um negócio próprio, lastro para a tranquilidade da família.

Supondo agir com prudência, insistiu na estratégia de arrancar um compromisso do ex-patrão. Foi a sua ruína.

Pressionado, o governador dissimulou:

– Vá em frente, eu lhe desejo sucesso.

Compromissos financeiros firmados, equipamentos instalados, produto nas prateleiras, Rodrigo foi surpreendido por uma norma sob medida, baixada pela secretaria da Fazenda do governo. A norma obrigava as empresas distribuidoras de refrigerantes a fazer uma previsão semanal de contas sobre os rendimentos tributáveis. Na prática, obrigava-os a empreender um calendário de distribuição compatível apenas com a estrutura de transporte de grandes fornecedores.

Rodrigo Ramos quebrou. Amargurado, não viveu tempo suficiente para pagar todas as dívidas. Um enfarto deu fim aos sofrimentos, quatro anos depois. À época, Otto abordou o assunto com o pai, preocupado com a repercussão do fato.

Cobrou ao velho:

– Por que o senhor não disse simplesmente "não", quando ele o procurou?

O pai, sem alterar a voz, usou uma lógica de *gangster*:

– Ele não deveria ter perguntado. Tinha a obrigação de saber que não podia entrar no meu ramo.

As vaidades do feio

Não tendo recebido "permissão" – foi o termo usado – para ser recebido pelo agora ex-governador, me vali, neste caso, mais do que em todos os outros, de episódios narrados por conhecidos meus que, em algum momento, privaram de sua confiança ou, pelo menos, tiveram com ele um relacionamento mais próximo. Alguns se tornaram desafetos, romperam ou foram descartados por ele.

O coronel Jesualdo Cantarino não preenchia nenhum dos tipos citados. Policial, foi chefe da Casa Militar durante o governo distrital, uma sombra da figura institucional do chefe do executivo. Como tal, presenciara inúmeros episódios, hilários e grotescos, reveladores da personalidade do ex-chefe, do modo como ele via o mundo e comandava os que estavam sob as suas ordens.

Quando conversamos, Cantarino já passara para a reserva. Dedicava-se então ao negócio de equipamentos e serviços de segurança residencial. Estava, como me disse, "fora do circuito" e, portanto, "mais à vontade para falar".

Em geral, não guardava do ex-governador a imagem do homem temperamental, como é mais habitualmente lembrado. "Era", lembra Cantarino, também "um prosador espirituoso", quando estava de bem com a vida.

Jamil lhe disse, um dia, quando falavam sobre fatos e versões:

– Tudo depende do modo como se diz as coisas, Cantarino. – e exemplificava: – Viver muito é bom, ficar velho é desagradável! Mas, afinal, onde está a diferença?

Uma tarde, era sábado, depois de uma jornada de audiências com pessoas a quem devia atenção, mas pelas quais não tinha a mínima afeição ou qualquer interesse, confessou com enfado:

– O pior do poder é isto: a gente se obriga a conviver com gente pouco interessante e muito interessada.

Era de uma franqueza rude, quando os seus interesses não estavam em jogo:

– Neste país, – aconselhou a um interlocutor bem-intencionado – só há duas maneiras de ganhar dinheiro. Pouco: trabalhando. Muito: explorando a estupidez alheia.

E concluiu, para decepção do ouvinte:

– Pelo que vejo, você decidiu morrer pobre.

Quando o cidadão se afastou, lembra o coronel de ter lhe instigado a verve:

– Mas, governador, há quem diga que a honestidade é um bom negócio porque a concorrência é pequena...

E ouvira como resposta:

– Sim, mas na política o número de vagas é limitado.

Como pessoa de origem pobre, fortuna feita por força de seu esforço e talento – para a esperteza, que fosse, "o filho do Joca" cultuava uma inveja, afetada pela aparência inversa, de desprezo, pelos bem-nascidos. Faltava-lhe, e eles tinham, uma história para contar. Sua biografia, ao contrário, era uma confissão de culpa.

Certa vez, Jamil seguia, a contragosto, para uma solenidade entre os primazes da indústria.

Homenageavam um de seus pares pelo centenário de fundação de sua empresa. O governador dizia para o seu secretário do Desenvolvimento, ao lado:

– Não há no mundo uma única fortuna construída apenas com exemplos de virtude. A história da riqueza é pródiga em crueldade. Mais do que engenho, há esperteza nela. O que vamos glorificar hoje, ontem nos cobriria de vergonha.

O próprio Josué de Paula, o secretário citado, confirmou a passagem. Ainda era um dos seus homens de confiança, percebi pela admiração demonstrada igualmente por suas qualidades e defeitos.

– Mente como ninguém! elogiava o "mestre" seu.

Josué relembrava passagens reveladoras de cinismo sem limites como se recordasse feitos de estadista:

– Um dia, quando lembrei a ele que havia dito, no dia anterior, exatamente o oposto do que falava então, Jamil me disse: "Josué, não sou obrigado a concordar comigo quando minhas opiniões me prejudicam".

Como a maioria dos políticos gostava de bajuladores do tipo de Josué, mas, vaidoso, negava a preferência. Conversando com um repórter de suas relações, revelaria a dificuldade que tinha de lidar com sua imagem pública.

Resmungou, naquele dia:

– Não gosto dos bajuladores.

– Por quê? – provocou o repórter.

– Porque não são sinceros.

– E dos seus críticos, não gosta por quê?

– Porque são.

Tinha formação, mas evitava expor. Preferia ceder ao modo rude, rompantes de autoridade, reações impulsivas percebidas com familiaridade pelo homem comum, aquela entidade evocada com frequência por ele como "meu eleitor".

Aconselhava ao filho Otto, seu herdeiro político presumido, de modos mais moderados e gostos refinados:

– Meu filho, escolha: se quer ser popular, renuncie a toda sofisticação. Não queira ser um "Beethoven" sob a lona deste circo!

Inimigos, escolhia a dedo. Somente havia dois tipos capazes de conquistar essa posição na constelação de seus interesses: aqueles a quem ele jamais poderia destruir, de cuja força extraía no embate mais prestígio do que benefícios, e aqueles a quem, estava seguro, veria um dia atirados para fora do seu caminho. Destes, colheria bens tangíveis. Daqueles, a honra de ter ousado ombrear-se a eles.

De um modo ou outro, sempre contabilizava dividendos: a ampliação de sua influência nas áreas onde as coisas de fato se decidem e a consolidação da empatia popular com a sua figura pública. Aos pobres, acenava com proteção. Ao poder, com o apoio daqueles.

Confessava o culto à paixão do ódio:

– Quando calo um inimigo, sinto a alma leve. É como o vinho que torna o sono manso.

Um falso espontâneo, pois bem sabia dissimular. Certa vez, um assessor lhe perguntou por que fizera referência positiva a um desafeto seu, logo quando ele acabara de sofrer um duro revés, perdendo cargo partidário importante numa disputa interna.

Jamil instruiu o auxiliar:

– Elogie seu inimigo, quando ele fracassar. Nada poderá feri-lo mais profundamente...

Culpa e castigo

À medida que os guerrilheiros do MAR tombavam ou se dispersavam em fuga pelas entranhas da mata, também nos núcleos de apoio urbano o movimento se enfraquecia, com o desmonte dos aparelhos e a prisão de seus militantes, identificados pela polícia política com base nas confissões obtidas nos postos avançados do exército na floresta mediante tortura dos combatentes capturados.

Palmiro – codinome Camilo, homenagem provável ao revolucionário cubano – fora detido apenas três dias depois da prisão de Ana. Ao ser abordado por três homens à paisana no banco de uma praça pouco movimentada de Açu, pequena localidade na periferia de Sinay, onde marcara o "ponto" de encontro com ela, logo o militante percebeu o problema. A namorada caíra e confessara tudo.

Submetida em sessões de tortura a maus tratos com palmatória, afogamentos e, por fim, choques elétricos, *ela não suportou a pressão e confessou local e horário do encontro marcado com ele. Era dia de seu aniversário e, mesmo tendo confessado, foi violentada por horas seguidas por um grupo de homens encapuzados, cujo número não fora capaz de perceber.*

Daria tudo para esquecer aquele dia, quando fora colocada frente a frente com o companheiro Camilo, tanto quanto o dia anterior até, quando seus algozes se fartaram entre as suas pernas por vezes incontáveis.

Não conseguia olhar para ele, seu amante e mentor. Fechava os olhos, quando, à força, o torturador levantava sua cabeça, puxando os cabelos para baixo. Soluçava súplicas de perdão, mas de Palmiro ouvira apenas que não pedisse desculpa, pois não traíra a ele, mas "a revolução".

Talvez ele tenha conseguido se impor o grau de resistência moral exigido à companheira "Júlia", codinome de Ana, condenando-a a um sentimento de culpa difícil de superar. É provável. Talvez tenha conseguido. Não estaria aqui para contar. Morreu doze dias depois, com fraturas múltiplas e lesões internas irrecuperáveis, mas não ali. Fora transferido para a temida Casa Velha, nos arredores de Palmeiras, centro de tortura comandado por uma célula do esquema de repressão inteiramente fora do controle do Exército. Não há registro de alguém que tenha saído com vida daquele lugar.

Cinderela no inferno

Para compreender melhor, é preciso saber que Lara Ban era uma mulher muito bonita e que tanta beleza não era nada diante de seu poder de sedução. Nenhuma transcendência havia nela. Lara não tinha lado de dentro. Estava toda à flor da pele. E tinha ainda aquele olhar, senhora de tudo, que fazia a quem se via olhado sentir-se nu em seus pensamentos. Era coisa do chão. Um bicho ou mais.

– A senhora está perdendo o seu tempo comigo. Eu tenho o sangue ruim. – dizia para a psicóloga da penitenciária que fingia insistir em sua recuperação.

Recuperação, nada. Jackeline, a psicóloga, estava perdida de paixão por ela. Não conseguindo deixar de pensar na sequestradora de 24 anos do pavilhão 9, assinou um laudo indicando acompanhamento intensivo para a presidiária. Fingia atendê-la. Ao colocar em risco sua autoridade profissional, a terapeuta perdeu o controle da situação.

"Enlouqueci", dizia a si mesma. A paciente a maltratava:

– Esse sofrimento todo é por mim? Nem pense que eu vou sentir pena de você.

Jackeline perturbou-se:

– Como você sabe disso?

– Esse teu olhar pegajoso. A única vontade que eu sinto quando vejo alguém sofrer por mim é terminar de matar.

A psicóloga tentava dar algum sentido clínico ao diálogo:

– Você não se julga merecedora de afeição?

– Vai-te foder! Odeio gente fraca, que se entrega assim. Eu sou cheia de efeitos colaterais. Te cuida!

Tentou mais uma vez:

– Você lembra quando começou a sentir aversão por quem demonstra afeição por você?

Lara abalava seus esforços:

– Vá tomar no cu! – alterou o tom de voz. – Quem está precisando de terapia aqui é você. Descobriu que é lésbica, está apaixonada por uma vadia e fica aqui, fazendo de conta que está trabalhando.

A doutora olhou na direção da guarda, em vigília no corredor. A presidiária baixou o tom de voz. Jackeline fingia registrar algumas anotações enquanto recuperava o fôlego.

Tentou um olhar firme e disse:

– Você não vai me convencer de que aí dentro nada presta.

A Doidinha olhou-a com escárnio por dentro daqueles olhos de gueixa sádica.

Ironizou:

– Se você precisa acreditar nisso para aceitar o que sente por mim, problema seu. Vai sonhando...

Apagou o cigarro sob a sandália. Jackeline admirou, uma vez mais, a anatomia graciosa daqueles pés. Queria beijá-los. "Estou ficando louca", pensou de novo. A paciente deu uma volta na sala. Foi à janela. Viu, sentadas em círculo no pátio central da penitenciária, as detentas que compartilhavam a leitura da Bíblia, sempre às terças e quintas.

Disparou do nada:

– Dizem que Jesus morreu para nos salvar. Eu acho que aquele rapaz devia ter aproveitado mais a vida, isto sim!

A psicóloga consultou o relógio e levantou-se. Havia já ultrapassado em quinze minutos o horário da consulta. Fez sinal para a agente penitenciária, no corredor.

Da porta, Lara advertiu:

– Da próxima vez, tenha mais cuidado. Minha namorada é muito ciumenta. Tem noventa e seis anos de pena a cumprir. Dez a mais não vão fazer diferença.

A terapeuta fez menção de que diria algo, mas ela a interrompeu, pressionando os dedos sobre seus lábios:
– Não insista! Vai morrer por causa de uma vadia? Corte os pulsos. Dói menos.

Abriu a porta devagar e saiu pisando macio, com passos insuspeitos de cinderela. A terapeuta anotou no prontuário: "atendimento suspenso por tempo indeterminado".

A tempestade

Foi, de todas as pessoas escolhidas como referência para a série de reportagens, quem melhor compreendeu o meu e o seu papel naquilo tudo. De si, sabia o que me interessava saber e o que, em tudo isso, deveria dizer. Fui ao seu encontro três vezes, sempre em locais diferentes, durante aquela semana em Cali, na Colômbia, cidade mais próxima de onde vivia com o marido e os dois filhos gêmeos.

Sedutora, bem acima de minha capacidade de dissimulação, nem tentei disfarçar a perturbadora sensação de orbitar, preso à gravidade da absurda conciliação de sua alma, entre a delicadeza de sua expressão e sua incapacidade de compaixão. Uma criatura leve e cruel. A sensibilidade aflorada não conflitava com a indiferença demonstrada pelo sofrimento de suas vítimas. Coisa do chão. Um bicho ou mais.

Aceitou conversar comigo porque havia decidido por fim ao mistério sobre o seu paradeiro para tornar patente o interesse geral de, agora, aceitar como fato consumado sua nova condição. Fugira com vida e estava livre em algum lugar do hemisfério sul. O serviço de informação de seu país sabia sob qual manto se protegia, mas o governo desistira de extraditá-la. Mantinha o pedido formal, mas não se empenhava em esforço diplomático maior. Não queria litigar com famílias do narcotráfico. Temia atrair para o arquipélago uma tempestade. Atrairia.

Quando nos vimos pela última vez, sempre observada à distância por três seguranças, mas nunca os mesmos, despediu-se com uma frase maliciosa:

– Gostei de conhecer você. Fazia muito tempo que eu não conversava a sós com um homem tão... educado.

Fiquei lisonjeado, devo confessar. Eu sei. Aquela mulher é uma criatura sórdida. Mas você também ficaria.

O mau parteiro

Nascera em bom ambiente, filha de um executivo da SBS, importadora de motores, bem situado na vida. A mãe, psicóloga, era orientadora educacional no colégio Einstein, escola de reconhecida qualidade, pertencente a uma família de judeus liberais. Uma família, enfim, pronta para a fotografia.

Sempre fez questão de admitir a educação recebida dos pais. Tinha conforto, vivia em ambiente de boa formação intelectual, frequentava bem. Mas, não encontrando motivo aparente para os rumos que dera à vida desde cedo, costumava dizer apenas que era "ruim de nascença".

Aos doze anos, foi iniciada pelo zelador do sítio da família. Chamava-se Osvaldo e tinha uma filha de sua mesma idade, Adélia. Brincavam juntas e trocavam confidências. Adélia despertou seus instintos, quando contou como vira sua mãe, por uma fenda na porta do quarto, em felações com o seu pai. Imitava a cena com uma banana à boca. Riram à tonta.

Não demorou muito. De início, Osvaldo ficou em dúvida e, uma vez convencido, muito surpreso, pois então já eram inconfundíveis os apelos contidos no olhar insistente de Lara. Para excitá-lo mais, roçava-lhe as pernas. Ele não suportou a pressão. Aproveitou a dedicação da esposa aos afazeres e levou a filha do patrão para os fundos do terreno. Abriu o zíper da calça e colocou nas mãos da menina o membro rijo, como ela pediu. Em outras vezes, foi além e, por fim, já sorvia o sumo espesso de seu gozo.

Obrigado por ela a reincidir em risco, aceitava as exigências. Suportou o arrependimento tardio até quando a família vendeu a propriedade.

– Sou ruim de nascença, Lino. – disse – Meu parteiro foi Satanás.

Doidinha

Aos quinze anos, já se prostituía como recurso eventual para conseguir drogas. Surtava, quando se excedia em álcool nas festinhas do bairro ou da sua turma de escola. Atirava garrafas na parede. Urinava no salão. Batia na porta de vizinhos, convidando-os para aventuras obscenas. Quando chegavam os policiais, os desafiava. Ofendia, baixava as calças. Não tinha jeito. Conduzida para a delegacia de menores, lá ia seu pai, altas horas da noite, retirá-la da detenção especial, a cabeça virada por um coquetel de estimulantes.

Um dia, não restando à família outro recurso, os pais decidiram interná-la. Mas cometeram a bobagem de avisá-la. Enquanto a esperavam na sala, a maleta de roupas pronta, a mãe chorando uma dor sem fim, fugiu durante o banho. Deixara o chuveiro ligado e desceu do piso superior por uma linha de corda, formada por dois lençóis atados, até o quintal de casa, de onde sumiu por muito tempo. Ali mesmo, nunca mais morou.

Naquela época, vinha sendo cortejada por um cliente eventual dos seus favores carnais. Treze anos mais velho, Nereu era soldador e trabalhava em estaleiro com reforma de embarcações. Traficante eventual, madurão e carente, insistia em afeições.

Indiferente, ela descartava:

– Apaixonado, o caralho! Você quer é me comer de graça.

Fugida de casa, buscou refúgio por uns dias na casa dele, uma maloca no Alto do Belém, favela de Palmeiras, próximo às docas, onde o sujeito era conhecido, e já de um tempo, como "Papa anjo", por conta de sua preferência quase exclusiva por cadelinhas púberes, como ela, menores de idade e vadias.

Passada a primeira semana, ele lhe entregou a mochila com poucos panos e pediu que fosse embora. Ela quis ficar de vez. Nereu não queria "problemas com a delegacia de menores". A garota insistiu em ficar, assegurando que não estava sendo procurada, pois fora expulsa de casa pelos pais – mentia. O sujeito resistiu como pôde, levantando a hipótese, "muito provável", de seus pais já estarem àquele momento arrependidos e com a polícia em seu encalço.

Vendo-se sem nenhum argumento mais, Lara apelou. Tirou a blusa e passou a beijá-lo, roçando os seios no seu peito e acariciando-o entre as pernas. Ele a puxou com força para os braços e suspendeu o corpinho magro contra a parede.

"Homem é bicho fraco!", ela pensou, vendo-o colocar-se em perigo, rendido ao cheiro acre de uma vagina juvenil.

"Papa anjo" gozou rápido. Deixou-se cair no sofá, arfante, olhando ainda com lascívia para os pelos no púbis adolescente. Ela aproximou-se com aquele jeitinho de menina má. Levantou a perna e colocou o pé contra o peito dele. Nereu não reagia. Deixou que caísse dos lábios uma grossa porção de cuspe sobre o rosto dele.

Ele passou a mão, limpando a face. Balançou a cabeça como se estivesse diante de um caso perdido e disse:

– Vai fazer um café, Doidinha...

Como ela insistisse em não tirar o pé de cima dele, ameaçou:

– Vai, anda! Sai antes que eu me arrependa e te mande embora de vez.

Manteve-se na casa do "Papa anjo" por mais um tempo com o que tinha de melhor a oferecer. Ele dava as costas, de saída para o trabalho, e ela caía na cidade, sem rumo certo, deixando-se conduzir pelos acontecimentos fortuitos, compartilhados com pessoas que acabara de conhecer e nunca mais veria. Como do mundo nada lhe pertencia, de si quase nada permitia que ao mundo pertencesse. Explorava os limites do acaso e por muito tempo chamara isso de liberdade. Doidinha toda.

Um dia, era tarde de sábado, quando voltava de uma de suas andanças a esmo, avistou de longe uma movimentação maior no beco da Fumaça, subida para o barraco onde morava com Nereu. Pressentindo o problema, recuou devagar. Contornou a área por uma viela marginal e foi esconder-se numa parte mais alta do morro, sobre uma laje, de onde poderia tudo observar com visão privilegiada da situação.

Nereu, por sorte, também não estava em casa. Mas o fardamento azul dos agentes sociais do Conselho

Tutelar do Menor era indício de que a família não desistira ainda e as autoridades descobriram seu refúgio.

Mudaram-se naquela noite mesma para o Alagadiço do Mata Rato, do outro lado do Fundão, como era denominada toda aquela federação de favelas e bairros operários na zona sul de Palmeiras, capital do arquipélago.

Viveram dias de calmaria por lá, mas não tardaram novos imprevistos. Um dia, chegando em casa, Nereu deu de frente com a cena odiosa. Dão, um vagabundo avantajado, conhecido da vizinhança, já se preparava para violentar sua Doidinha, montado à força entre suas pernas, a calça despida até pouco abaixo dos joelhos e os pulsos dela presos pelos seus braços, acima da cabeça. Ela resistia como uma fera.

Flagrado, Dão tentou fugir, mas agora Lara tinha já os seus testículos presos à mão com toda força. Imobilizado pela dor lancinante, era presa fácil. Nereu partiu para cima dele.

A amante reagiu, indignada:

– Seja homem, porra! Vá buscar o berro.

Recuou e pegou a arma na gaveta. Com os culhões de Dão entre os dedos, ela dava instruções:

– Atira nesse filho da puta!

O seu homem mal conseguia levantar a arma. Ela insistiu, pondo sua honra à prova:

– Atira, porra! Esse covarde queria me foder na tua cama.

Fixou a mira, mas não disparava. Ouviu ainda:

– Anda, atira...

Não houve jeito. Baixou a arma. Decepcionada, soltou o atrevido que, de um pulo, saltou a janela e sumiu morro a baixo, no labirinto de becos e barrancos. Nereu suava

muito. Trêmula ainda, pela violência sofrida, ela tomou a arma e roçou o cano no zíper da sua calça. Pensou mesmo em castrá-lo à bala, mas baixou a arma. Disse, enfurecida, com o nariz fungando junto ao seu:
– No meio das minhas pernas, homem frouxo como você não cospe mais! – e foi para a rua, em quase transe, de arma em punho.

Sopa fria

Fora pedir abrigo na casa do homem de quem Nereu se dizia "o melhor amigo". Chamava-se Miro. Sentia-se atraída por ele. Gostava quando se aproximava para cumprimentá-la. Gostava do cheiro, gostava do toque. Ainda mais vontade de seduzi-lo sentia quando o amante "dava moral pro cara", repetindo: "Confio nele. É meu amigo". Como não queria "problemas em casa" por causa de homem nenhum, segurava o tesão. Agora, descobrira o "bundão" que o amante era e decidiu lhe "prestar uma homenagem", entregando-se ao "seu" amigo.

O "ex" logo soube do caso e quis criar dificuldades. Segundo rumores frequentes, ele teria fornecido à polícia pistas do paradeiro de Lara. Depois de "andar por aí falando coisas", com ameaças veladas à ex-amante, ainda foi reclamar com Miro, face a face, pelo que considerava uma traição à boa amizade.

Miro sugeriu a ela:
– Vai dar uma volta por aí...
Tinha que "resolver de vez um problema".

Ela aceitou as coisas feitas assim, sem tomar parte ou ter o menor conhecimento. Sentiu-se protegida. Achou "bacana, aquilo". Saiu dizendo que ia "dar uma passada" no Leão de Judá, a quadra de baile na base do morro. Disse que tinha "uma galera maneira por lá", ensaiando para o show do sábado.

"Papa anjo" foi recebido como gente de casa. Afável, Miro agiu como se não soubesse de nada. Convidou o visitante para entrar até a cozinha, onde esquentava uma sopa. Fez questão de servir o amigo.

Disse, colocando um prato à sua frente:
– Beba. Fiz bastante.

Ainda dissimulava com amenidades, contornando o assunto a ser tratado, quando o visitante, olhos vesgos, contorceu o pescoço sem direção definida e curvou-se, enfim, com o rosto mergulhado no prato. A sopa já estava quase fria e não lhe queimaria o rosto. De qualquer modo, ele nada mais poderia sentir. Foi-se, por ciúme e credulidade, morto a sangue frio.

Quando Lara voltou, Miro já tinha "limpado o flagrante". Estava sozinho, vendo futebol na televisão. Deu a notícia:
– Doidinha, o rato que rondava a tua cozinha apagou.

Lara acendeu um cigarro e entrou para o quarto, simulando displicência. Quando voltou para a sala, quis saber:
– O que houve com ele?
– Bebeu tua sopa. Da próxima vez, manera na pimenta.
– Pode deixar... – respondeu Lara, que não sabia cozinhar.

Pizza no forno

Com Miro, tomou um pouco mais de juízo. Ele a ensinara a cozinhar, dirigir automóvel e usar arma. Tinha pulso. Se queriam apenas se descontrair, fumavam um baseado, iam à praia, circo, futebol, essas coisas. Mas droga pesada, ela sabia, estava proibida de usar – era o acertado a ser cumprido à risca.

No início, a ansiedade pegava pesado. A Doidinha olhava a todo instante para as veias do braço e mordia o canto esquerdo do lábio inferior. Era a senha. Miro a levava para uma mesa de bar, abria uma garrafa de vodka e esvaziava com ela. Ao porre, chamavam de "terapia", o modo de fazê-la esquecer a seringa. Era "um bom companheiro", admitia ela, ao se dar conta de que ele deixaria qualquer coisa de lado para estar com ela naqueles momentos.

Miro não colocava reparo na ousadia de suas roupas, minúsculas, sensuais, ou no volume com que ouvia seus *reggaes* preferidos. Tão pouco a submetia a interrogatórios sobre os lugares onde andara na ausência dele. Estava seguro de que a tinha. Adorava aquela garota, agora ainda mais bonita a seus cuidados, longe dos picos de cocaína, com melhor apetite e sono regular. Frequentara boas escolas, agia com bons modos quando convinha e sabia do mundo coisas que ele nunca suspeitara existir.

Pela primeira vez, Lara confiava em alguém e procurava agradá-lo. Descoloriu dos cabelos a tintura berrante e deixou para os bailes as roupas pretas e os anéis góticos. Era de alguém e ainda não se dava conta.

Chegara o momento de Miro compartilhar com ela seus segredos profissionais. Ela queria saber mais sobre o ofício que lhe garantia conforto como chefe de uma quadrilha de sequestradores. Agia com a cobertura de uma rede do crime organizado identificada pelas iniciais B8, grafitada em vermelho nos muros suburbanos do arquipélago.

De curiosa, ficou excitada. Queria participar:

– Miro, olha para mim. Eu sou o disfarce em pessoa!

Jovem e branca, de trato gentil e traços delicados, era a imagem de uma pessoa incapaz, à primeira vista, de um ato rude, mesmo de menores proporções. Os companheiros dele resistiam, mas a última palavra, eles sabiam, era do chefe.

Era preciso testá-la. Miro avisou:

– Vou ver se ela tem a coisa no sangue...

Levou-a para a tarefa de "justiçar" um alcaguete. Pegaram-no em casa, antes que saísse para o local do encontro, que marcaram com ele, onde seriam certamente aguardados por um grupo de policiais da Divisão Antissequestro. O "dedo-duro" foi levado para um lugar ermo, por trás de um campo de futebol de várzea no manguezal do Alagadiço, próximo à praia do Pulgão, um deserto em dias de semana.

Posto de joelhos, as mãos amarradas às costas no meio de um círculo formado por Miro, a Doidinha e três comparsas, o rapaz mijou-se todo e chorava como uma criança.

Miro deu início ao rito, dirigindo-se a um deles:

– Miranda, esse sujeito está me devendo alguma coisa?

– Sim! – respondeu, prontamente.

– É? – fingia surpresa. Fez uma pausa. Continuou – E ele me deve o quê?

– A vida, chefe!

Miro circulava a pobre criatura com passos leves:

– E o que foi que ele fez para merecer morrer?

– Combinou um flagrante com a polícia.

Miro chutou a cabeça do alcaguete. O rapaz caiu de lado, suplicando clemência. Chegara a hora. Miro cercou Lara por trás e disse ao seu ouvido, pondo a pistola em suas mãos:

– Faça!

Fez, e como algo rotineiro, pois sabia: era o que se esperava dela. Aproximou-se a passos largos do homem ao chão. Estendeu o braço na direção do peito, a mira na linha do nariz, e deu dois tiros. Corrigiu a pontaria um pouco acima e acertou, uma vez mais, agora na cabeça.

Sem olhar para Miro, entregou-lhe a arma e disse:

– Vamos para casa. Tem uma pizza esperando no forno.

Doutorazinha

Lara logo aprendeu os rudimentos do ofício. Com pouco tempo, era ela quem checava informações e definia critérios seguros para a escolha do cativeiro. Os membros do grupo logo passaram a chamar de "doutorazinha" à mulher de dezoito anos que parecia ter vindo ao mundo, apesar do trato gentil e o humor constante, desprovida de sublimidade.

Quando realizavam um sequestro, ela cuidava pessoalmente do cativeiro. Vigiava a vítima, fazia faxina, preparava as refeições. Às vezes, largava o sequestrado no casulo e saía para o cinema com as amigas. Filmes de ação, quase sempre. Comédias, às vezes. Ficava por aí.

O bando era numeroso. Por razões de segurança, nem todos se conheciam. Havia dois grupos: a quadrilha propriamente dita e os informantes. A quadrilha era formada pelos olheiros e pelo pessoal da operação. Os informantes, gente de fora, mudavam de acordo com as circunstâncias. Entre eles, estavam ainda os infiltrados, mas eram poucos. Os informantes eram policiais, às vezes, e mais frequentemente seguranças privados, de empresários ou de condomínios de luxo.

Os infiltrados eram ocasionais. Quase sempre, mulheres, empregadas domésticas, mas também motoristas. Trabalhavam para as famílias com o propósito de conhecer a rotina da casa e os pontos vulneráveis, quando os moradores estariam mais expostos. Infiltrar é muito arriscado. Ela aprendeu rápido.

– Dá trabalho. É para quem aprecia serviço pesado. Vagabundo desiste. – concluiu, com autoridade, a Doutorazinha.

Em espécie

Tudo parecia muito fácil. As vítimas e suas famílias, a polícia e a imprensa: todos pareciam muito previsíveis. Para ela, "bastava seguir o manual de instrução". Será? Seu excesso de confiança foi fatal. Lara foi presa por causa de um erro bobo, quando descia para o estacionamento de um *shopping center* carregada de sacolas com marcas de grife.

Estava sendo observada há duas semanas, durante um recesso do bando para "esfriar a praça". Chamou a atenção porque pagara as compras todas com dinheiro em espécie. Não usou cheques nominais ou cartões de crédito, claro, pois não os tinha. Tudo com cédulas novas. Dinheiro recolhido na boca do caixa. Não "batia" com o perfil de uma consumidora com aquele poder aquisitivo.

O motorista viu pelo espelho retrovisor quando um grupo de homens de terno e gravata a cercaram na saída do elevador e não esperou para ver o desfecho. Fugiu, deixando-a entregue aos agentes da Polícia Federal. Entre os produtos encontrados em suas sacolas, bichinhos de pelúcia. A inimiga pública colecionava bichinhos de pelúcia.

Cuida de mim

Condenada e recolhida à penitenciária feminina de Santacruz, ainda conseguiu se manter sem relações sexuais por três anos. Bené, já com cinco invernos de pena cumprida, percebia os sinais de carência da "lindinha" pelas perguntas frequentes sobre o relacionamento amoroso entre as presidiárias.

Começo da noite, antes do jantar, Bené chegou por trás sem ser notada e sussurrou baixinho, perto da nuca, com seu timbre másculo e um premeditado hálito de hortelã:

– Você é minha...

Ela esperava maior resistência de quem não conhecia amor de mulher, mas foi surpreendida. Lara virou-se de súbito, já com olhos turvos e lábios crispados, entreabertos. Bené nem teve tempo de tomar a iniciativa. A "lindinha" jogou-se toda sobre ela, beijando seus lábios, várias vezes e de diversos modos, deixando-se apertar contra a parede com força, em ponta de pés, lânguida.

Adormeceram tarde naquela noite.

Para manter-se tórrida, a paixão não se nutria apenas de prazer intenso, mas também de catarses violentas de ciúme. Tudo parecia combinado: Lara assanhava o pavilhão, Bené enchia a cara dela de porrada. Lara pedia desculpa. Tinha que ser assim.

Benedita, a negra "Bené", era temida no pavilhão 9. Se bem observada, coisa que ninguém ousaria fazer, dava para perceber que não se tratava de um homem. A musculatura pronunciada, os traços angulosos do rosto, a dureza do olhar e o timbre de voz imodulado, assim como o andar e os gestos, os gostos pessoais e a disposição para o controle – era homem em toda expressão. Seria como um mulato antilhano, afetuoso e viril.

Bené tinha o cabelo curto e oxigenado. Usava um gel para mantê-lo sempre espetado. Oxigenava também entre o lábio e o nariz, destacando a penugem pronunciada. Nem brinco usava. "Coisa de veado", dizia.

Nem as guardas ousavam lhe dirigir a palavra com o uso de pronomes femininos:

– Avisa ao Bené que a doutora *dele* chegou. – diziam, quando chegada a hora da consulta com a ginecologista, que tanto a aborrecia. Exame ginecológico a deprimia.

Tinha origem bem diversa de sua namorada. Ao contrário de Lara, nasceu num barraco de palafita sobre as águas estagnadas de uma laguna do rio Dois Irmãos. Fora filha indesejada, sabia desde criança, pois a mãe não se furtava a repetir:

– Você só está viva porque, se morrer, seu pai me mata.

Como não podia abandoná-la, a mãe se comprazia em atormentá-la, contando em detalhes as tentativas frustradas de livrar-se dela: durante a gravidez, quis provocar aborto com medicação pesada. Foi socorrida a tempo pelos vizinhos. Outra vez, por efeito de um surto de raiva, quis afogá-la no tanque de lavar roupa e foi contida pelo marido. Apanhou dele até a chegada da viatura policial. Um dia, abandonou a filha numa praça do centro da cidade. Reconhecida por um colega de farra de seu pai, foi levada de volta para casa. Com medo de represálias da mãe, disse ao pai que se perdera por conta própria.

Aos onze anos, se deu conta de que havia coisa ainda pior neste mundo do que ódio de mãe, quando foi "servida" pelo irmão mais velho, o Bira, Ubiratan de batismo, a um traficante do bairro, a quem devia dinheiro de droga.

Bira havia recebido "o adiantado" de uma paranga com trezentos gramas de maconha. Vendeu. Só não voltou para prestar contas. Pressionado, alegou ter sido roubado. O dono da boca de fumo deu a ele duas opções para liquidar o saldo devedor: levaria a irmãzinha para um terreno ermo, onde ele a aguardaria para saciar seus instintos, ou seria executado no mesmo dia – pistola, no meio da cara.

Não quis pagar com a própria vida. Pegou Benedita, uma pretinha de pernas roliças e menos de um metro e meio de altura, e a levou, sentada na barra de sua bicicleta, ao local combinado. Bira, de olhos fechados, mantinha-a imobilizada, com as pernas abertas, para gozo do seu credor. Quitou a dívida e fugiu de casa. Nunca mais fora visto pela família.

O pai pedia, quase sempre a Deus, para que o filho nunca mais aparecesse, pois não desejava a má sorte de matá-lo. Às vezes, pedia ao "coisa feia" sua nefasta intervenção, penalizando ao seu filho com o pior dos destinos, entre os muitos com que a indesejável criatura acometia a tantos.

"Desgosto sem fim, essa vida", concluiu Benedita aos treze anos, quando o pai faleceu, atropelado por um veículo de carga que avançou para a estrada quando ele seguia de bicicleta para o expediente na fábrica. Era a oportunidade de que a mãe precisava. Se ficasse, Bené sabia, morreria também.

Do cemitério, nem voltou para casa. Naquela noite, viveu o luto de tudo, deitada sobre papelões na escadaria da Sé. Se vida era essa guerra, assumiria seu posto. Foi morar na rua. Tornou-se homem.

Dizia, a si mesma:

– Agora, quem bate sou eu. O mundo apanha.

Não a chamassem mais de Benedita. Era Bené, nome comum aos dois gêneros, passou a usar cueca e canivete. Raspou a cabeça e seguiu um caminho sem volta: começou catando lixo para comer. Para comprar droga, pedia esmolas. Dava para a *cola*, mas era pouco para o *crack*. Começou a roubar. Abandonou o lixo. Queria um barraco para morar, um teto contra a chuva e para o sexo, e passou para assaltos maiores. Teve que matar. Uma, duas, várias vezes. Foi presa aos dezenove anos com cinco homicídios, todos registrados em sua ficha criminal.

– Foi esquisito, disse ela, uma vez, a Lara – Achei que ia morrer quando entrasse aqui, mas senti, sei lá, uma paz.

– Uma paz? – sua companheira estranhou o termo.

– É, paz. Achei que, finalmente, ia ter alguém para cuidar de mim.

O mensageiro

Para Lara Ban, a paz ficara do lado de fora. Não perdeu tempo quando percebeu a oportunidade de sair dali, após quatro anos de pena cumprida com raras ocorrências disciplinares, salvo as crises com a parceira. Fora do alcance passional da namorada, ela respondia aos recados recebidos de um emissário especial. Era Duílio Ramón, herdeiro de um narcotraficante do vale do rio Cauca, há 25 milhas de Cali, na Colômbia, falecido no ano anterior.

Duílio a viu pela primeira vez quando assistia a um documentário sobre presídios femininos na América Latina, produzido por uma entidade humanitária franco-mexicana. Lara era protagonista de um dos episódios. O colombiano ficou "louco por aquela mulher", seja lá quem fosse ela. Pôs seus homens a localizar a distribuidora do documentário e adquiriu cópia em fita cassete. Esquecia-se do tempo, assistindo à entrevista com ela e voltando a fita repetidamente.

Decidiu usar sua rede de influências. Não tardou a localizar um primo dela em Sinay. Um emissário seu acertou tudo com ele. Ramón passou a mandar cartas por seu intermédio. O primo as decorava e repetia para ela, longe das vistas das agentes carcerárias e da amante.

No encontro familiar, Lara transmitia pelo mensageiro acenos cada vez mais claros que se interessava pelo relacionamento. As mensagens iam e vinham. Nunca escritas. A segurança do presídio não desconfiava. Não havia indício material, passível de flagrante.

Ela instigava o primo:

– Quanto ele te paga por isso?

Ele devolvia:

– Muito menos do que ele vai te dar quando você chegar lá.

Roteiro de fuga

Combinara com Duílio, sempre por meio do parente, um plano de fuga espetacular, no qual o colombiano investiria uma razoável soma de dinheiro. Demorou ainda quatro meses desde a primeira vez, quando trataram do assunto, até o dia da fuga, uma operação tranquila.

Saiu às cinco e meia da manhã pelo portão da frente, usando uniforme de serviço, dentro do furgão da empresa de fornecimento de pão e leite. Foram direto para o campo de pouso de uma pequena fazenda a doze quilômetros dali, onde era aguardada por desconhecidos. Recebeu documentos falsos e passaporte colombiano.

De lá, seguiram em um bimotor de prefixo comercial até o aeroporto de São Domingos, na República Dominicana. Só quando viu a asa do avião transpor a divisa entre a areia branca do litoral e se lançar sobre o azul a cada momento mais profundo do mar é que Lara se certificou de que conseguira sua liberdade. O preço, somente o futuro diria.

Em voo direto para a cidade do México, viajando agora em companhia comercial, percebeu que não estava apenas do lado de fora das grades, mas livre, de fato: não viveria como foragida, baixando a vista. Tinha um novo nome. Viveria outra vida.

Com a cobertura extra-oficial de funcionários da embaixada colombiana, seguiu para Bogotá em classe executiva, onde a esperava outra aeronave particular, um jatinho de seis lugares que a levaria, enfim, para trás das fronteiras bem protegidas de seu novo lar.

Quando se acomodou no fundo da aeronave, da cabine veio um homem corpulento, de tez bronzeada, sentar-se na poltrona à sua frente. Viu seu rosto pela primeira vez. Pelos relatos do primo, parecia agora um pouco mais velho, mas a agradara o aspecto sedutor e o modo lento como seus sorrisos se dissolviam na expressão de seu semblante. Ali, não pareceu que viveria dias enfadonhos.

Duílio tomou a iniciativa, mas não quis arriscar. Foi convencional:

– Você é ainda mais bonita assim, pessoalmente.
– Gentileza sua. Estou precisando de um banho, isto sim!
– Chegaremos logo, ele a confortou.
Lara colocou a mão dele entre as suas e apertou-a. Olhou-o nos olhos e disse:
– O que você fez não é pouco. Não o decepcionarei.

Pura adrenalina

Perguntas óbvias, em certos casos, provocam boas respostas. A primeira que lhe fiz foi a mais previsível:
– Por que você se tornou sequestradora?
– Foi o que aprendi a fazer.
Era pouco.
– Mas você é inteligente, poderia ter sido tantas outras coisas.
Sem êxito. Reincidiu em uma resposta pragmática:
– Mas isso é o que eu sabia fazer melhor!
Tinha convicção vocacional.
– O crime exige excelência. Tem que ser bem feito, sempre. É para quem gosta.
Tomei seus argumentos de maneira extrema:
– Você está querendo dizer que, de certa forma, já se nasce bandido?
– Estou convencida disso. No crime, não há tempo de aprender com os erros. Errou, morre. De certa forma, tem que nascer sabendo.
Ela atribuía, fui percebendo no decorrer da conversa, significado metafísico a aspectos, de fato, psicóticos da conduta criminosa:
– O crime é como uma entidade. Ele te atrai. Se não atrai, não vá. Você não suporta.

– É como um transe? – penetrei no seu território delirante.

– É. Adrenalina pura. Quando você escolhe o crime, é bom saber que o crime também escolheu você.

– O que você quer dizer com isso?

Ia acender um cigarro e interrompeu para dar, de pronto, uma resposta, convicta:

– Você escolhe quando entra, mas não quando sai.

Quando ela pronunciou a palavra *adrenalina*, a que veio à minha mente logo em seguida foi *medo*. Explorei aquele efeito associativo na conversa:

– Bandido bom sente medo?

– Quem não sente medo não serve para o crime. O medo é a antena, deixa você ligado.

No encontro do dia seguinte, tentei levar a conversa para a sua experiência como presidiária. Foi reticente além da conta. Por instinto de sobrevivência, fora, na cadeia, outra pessoa, o que, certamente, deixou marcas difíceis de serem admitidas. Também não aceitou falar sobre sua vida na Colômbia e, menos ainda, a relação íntima com Duílio Ramón.

Balizou os limites da conversa:

– Estamos tratando de Lara Ban. Sobre Carmen Paz, não há o que dizer.

Ainda tentei argumentar, mas fui convencido a desistir por uma pergunta sua, muito sugestiva:

– Você gostaria de ouvir a opinião do meu marido?

Desisti, claro. Voltei ao recurso das perguntas óbvias:

– O que você pensa de si mesma?

– Eu sou ótima!

– Só?

– Você acha pouco?

Provoquei:
– Ótima, mesmo quando mata?
E ela, glacial:
– Principalmente.
Quando nos levantamos e os seus guarda-costas já se aproximavam, arrisquei uma última impressão:
– Custa-me crer que, um dia, você foi criança...
– Pois não creia. De fato, nunca fui.

Tudo por uma bela história

Não estava conformado com a ideia de voltar a Santacruz sem uma razoável noção de como vivia Lara, agora em liberdade, como uma dama do narcotráfico. Precisava saber mais sobre o relacionamento com o marido polígamo, o trato com as tradições da família Ramón e, principalmente, de como, tão desprovida de compaixão que era, exercia os atributos da maternidade.

Fui encontrar as informações de que precisava na colaboração de uma testemunha discreta, porém autorizada. Por meio de seu relato, mantive um quase íntimo contato com o cotidiano familiar de Duílio Ramón. A professora Maria Flores Arrida tinha vinte e quatro anos, quando chegara à fazenda investida na função de dar acompanhamento educacional aos filhos menores de Duílio. Chegou aos domínios dele oito meses antes da ex-presidiária antilhana e entre eles viveu por três anos. Tornara-se pessoa de confiança da família.

Por que resolvera falar? A resposta, quem acreditaria?
– Dá uma bela história. – e perguntou, dispersiva: – Você escreve romances?

– Quase isto. A realidade me emociona mais.

Tentei construir uma hipótese plausível para compreender como ela chegara a mim. Alguém me vira conversando com Carmen Paz. Vira, também, sempre em minhas mãos, um bloco de anotações. No hotel, é provável, obteve confirmação: profissão, jornalista. De algum modo, havia alguém interessado em me deixar levar dali aquelas informações.

Para me proteger de possível represália, marquei o encontro com Maria Flores no quarto do hotel onde me hospedara e somente duas horas antes do horário de apresentação ao *check-in*, no aeroporto, pouco antes de partir. Deu certo.

Mas a quem interessava que Maria Flores me revelasse todas aquelas coisas, de resto não muito controvertidas para serem protegidas com tanta reserva? Quando o avião decolou, já sabia a resposta: interessava a Carmen Paz, desde que Duílio não soubesse. E ele não saberia, pois não poderia ter gravado minha conversa com Maria Flores, como gravara, certamente, as que eu tivera com sua esposa.

Afinal, "dá uma bela história", como disse minha informante providencial. Lara Ban queria um final feliz. Para ela, eu faria. Não me condene: você não a conheceu. Qualquer um faria.

Dias de paz

Em liberdade, nem tudo foi como ela pensou que seria. A surpresa maior teve logo na primeira noite, quando sentou ao lado do marido para o jantar, servido na Casa da Fonte, onde vivia Duílio.

Ao chegar, conduzida pelo motorista da família, já encontrou na sala onde todos a aguardavam, uma prole de quatro filhos e mais duas esposas dele e a todos foi apresentada ali mesmo.

Nas mensagens recebidas por meio do primo, nada ele dissera sobre a condição civil de Duílio. Ao receber a proposta de casamento, ainda na prisão, não passava pela sua cabeça que ele pudesse ser casado já, e menos ainda com mais de uma esposa. Mas, como nada de romântico havia, de sua parte pelo menos, nos motivos pelos quais aceitou ir até ele, tratou de adaptar-se o quanto antes à nova circunstância posta, uma vez intransponível.

Sua presença não era a mais desejável pelas outras esposas de Duílio, não apenas, claro, porque veriam ainda mais divididas as atenções do marido, já não suficientes, nem mesmo por ele mostrar-se tão fascinado pela nova esposa, de fato *muy hermosa* e a mais jovem entre elas.

A precoce biografia de meliante, sim, as incomodava, e esse não é termo suficiente para definir aquela repulsa, mas era, enfim, o mais que podiam demonstrar, dado o zelo de Duílio com sua autoridade familiar.

Contudo, todos, entre os Ramón, sabiam: vivo, o velho Duílio não aceitaria aquele casamento. Morreriam os dois, provavelmente, se preciso fosse. Mas, sabe-se também, não seria preciso. O filho não o desafiaria por Lara. Nem por ela.

Foi aos poucos que a nova esposa neutralizou resistências, mantendo-se a uma distância conveniente do convívio amistoso havido entre elas, a quem Lara chamava em confiança de "mulherzinhas provincianas", o dia todo entretidas com artesanias femininas, novelas e conversas de alcova.

Agora em liberdade e segurança, era uma alma bem mais leve, uma mulher divertida, quase infantil quando se misturava aos filhos, todos do marido, para nadar no lago da propriedade ou sair a cavalo pelos campos baixos ou tratar da estufa de orquídeas que montou com o auxílio da filha mulher do primeiro casamento do marido, Beliza, de dezesseis anos, então.

Quanto a Duílio, continuava fascinado. Bom amante, era uma presença agradável à noite e, sempre ausente durante os dia, era isso também uma vantagem para ela, pois não tinha com ele muito em comum. Olhavam para o mundo e nem sempre enxergavam as mesmas coisas. Depois quando lhe dera os filhos gêmeos, ele passou a dirigir maior atenção e carinho a eles. Lara sentira o pesar do distanciamento e nele descobrira gostar daquele homem um pouco mais do que admitira até então, não o queria assim tão longe como imaginava. Enfim, vivia em família. Sem perceber, passou a sentir e agir como uma mulher casada.

A dor tardia

Carmen Paz Ramón era uma colombiana de apenas vinte e seis anos, estava registrado em seus documentos, quando a entrevistei. Só dois anos após a fuga, soube, pelo primo, do suicídio de Bené, enforcada em lençóis na mesma cela onde tiveram uma vida em comum, tão logo constatou-se a fuga de sua amante. Foram dias difíceis para ela. Pela primeira vez, experimentava um sentimento de culpa, perturbador o suficiente para mantê-la sob observação médica por mais de um mês. Teve febre. Delírios. A pressão caiu.

Mas não verteu lágrimas:

– Por que chorar, se mesmo no pior dia da minha vida não estarei mais aqui para lamentar?

Tudo isso se passara e não tinha ainda trinta anos de idade. Muito aconteceria desde então na vida de quem só encontrava uma explicação para as escolhas que fizera: tivera o "coisa ruim" como parteiro.

Profeta por um dia

A família, influente, notória colaboradora do regime, conseguiu tirar a filha do país. Ana Rita passou a morar com a mãe e um irmão mais novo em Londres, de onde nunca esquecera a melancolia do primeiro inverno, mas sempre lembraria com prazer as "figuras incríveis" que conhecera em Portobello. Excêntricas criaturas de cabelos longos e roupas coloridas, eles conseguiram convencê-la de que poderia voltar a olhar para a vida com maior doçura.

Eram tempos do Flower Power, o movimento pacifista de contracultura que, inspirados pelos saberes milenares da inação contemplativa, tradição espiritual do Oriente, pretendia subverter o racionalismo ocidental, beligerante e consumista.

Pois foi em Portobello, a rua de Londres que fora tomada para ser a comunidade central do movimento em todo o mundo, onde Ana Rita encontrou cúmplices para o bem sucedido atentado em que matara a revolucionária – ou seria o policial? – que existia dentro dela.

Em um dia de pouco sol, por lá conheceu uma trupe animada, vinda de Amsterdã para participar de um festival de teatro de rua, os tais happenings, representações semi-improvisadas de crítica à "decadente sociedade burguesa" e louvor aos valores da Nova Era que se avizinhava.

Convidou-os para um piquenique no Hyde Park. Lá, deram-lhe em retribuição ao convite uma "pedra" – o picote de um papelzinho branco com uma estrela azul impressa no centro. A aparentemente inofensiva figura estrelar continha, misturada à composição da tinta, uma poção de ácido lisérgico, alucinógeno de largo consumo entre os jovens da época.

Sob efeito da droga, Ana se viu, de início, cercada pelo pulsar frenético de grandes borboletas, de todas as cores e asas de mil estampas, entre muitas outras coisas que viu e sentiu, enquanto os pensamentos passavam em sua mente, velozes e fragmentários, como se deslizassem na superfície plasmática do tempo sem direção previsível.

Agora de olhos cerrados, o corpo estendido ao chão, cenas de sua vida iam e vinham sem ordem cronológica definida. Reviu, em êxtase, como fotogramas de brilho acrílico em um caleidoscópio, pessoas e lugares, imagens sem conexão justificada, conduzidas por emoções complexas, de angústia e prazer.

De súbito, foi como uma sinfonia interrompida. Cessou o fluxo mental vertiginoso. Não saberia dizer por quanto tempo durou. Parecia ter passado horas, mas reparou que o sol pouco se inclinara desde então, quando abriu os olhos e sentou-se, nauseante e confusa, ao lado dos seus novos amigos, todos prostrados no chão.

As águas do Serpentine, viu, em sua percepção alterada, de um azul púrpuro, cristalino. A tudo, nenhuma resistência opunha. Admitia de tal modo integral e instantâneo toda a estranheza, com tamanha força de totalidade e permanência, como uma perfeita explicação, a revelação de tudo, que já nenhum elemento da realidade lhe parecia externo à sua mente, nem esta dissociada da mais remota possibilidade de conexão com o universo.

Agora, imaginava, era livre. Já não buscava mais "o conforto de uma convicção, a posse vã de nenhuma verdade". Somente horas depois, se deu conta de que estivera deitada à grama, de olhos fechados, e tudo que experimentara parecia ter sido um "sonho despertado", um lapso no tempo. Uma fenda multidimensional abrira as portas de sua percepção para viver, em transe, um perdão diante de tudo.

Agora, de olhos abertos, viu a aparência do mundo recompor sua ordem. Olhou para cada coisa e leu na memória a referência dos seus nomes – Corpo. Água. Chão. Árvore. Constatou a definição de suas formas e reconheceu a cor elementar de cada superfície. Apreendia a densidade da matéria, o sentido retilíneo com que a luz se propagava. A unidade, linear e constante, de tudo.

Em seguida, viu-se tomada pela urgente necessidade de compartilhar, com tantos quantos a pudessem ouvir, o que sentira, caso soubesse fazê-lo. Saiu, célere, na direção do Speaker's Corner, *a tribuna livre do parque, tradição centenária da cidade. Era domingo e uma pequena audiência acompanhava as intervenções espontâneas de outros, como ela, movidos pelo desejo de protestar ou convencer.*

Ana subiu à tribuna e pôs-se a falar. A euforia ainda repercutia o pulsar da experiência alucinante.

Falava como se estivesse tocada por inspiração profética:

– Procurais a salvação? Onde quereis encontrá-la? No Evangelho, na revolução, na fruição da arte, nos gozos da carne? Nunca a encontrareis! A verdade está dentro de vós e atende pelo nome de Amor. Onde estiverdes – no calabouço, no frio sob as pontes, na companhia incômoda das vossas culpas – chamareis por ele e o Amor será vossa liberdade, vosso abrigo e vosso perdão!

E finalizou com uma frase cuja inspiração todos ali conheciam a origem:

– All you need is Love!

Naquele momento, caiu uma chuva a cobrir todo o parque e parte da região central da cidade. A audiência, um grupo de não mais de cinquenta pessoas, em sua maioria formada pelos cabeludos em roupas coloridas e de olhar siderado, sentindo-se abençoada pela sincronia, que julgava mágica, entre a leveza das águas e as palavras inspiradas de Ana, aplaudia e dançava, dançava e cantava:

"All you need is Love!
All you need is Love!"

Ela, braços para o alto, o olhar maravilhado, encharcada pela chuva, deixando à mostra os mamilos rosados sob o tecido fino da blusa, aos brados, repetia:

– Love! Love! Love!

Eu amava aquela mulher.

O dono da bola

Julgava-se predestinado, Simão Alves Lima, pois nasceu naquele histórico domingo de outubro, quando o Atlético Santacruz, clube de coração de Valdelino, seu pai, conquistou o título inédito de pentacampeão nacional de futebol, façanha nunca repetida. O rebento recebeu, ainda na enfermaria pediátrica, o nome de Simão, uma homenagem no calor da hora ao autor do gol da vitória naquela partida.

Não completara ainda nove anos quando o pai, operário de construção, morreu em acidente de trabalho. Sobre o seu caixão, fez juramento solene de que seria campeão de futebol defendendo as cores do Atlético. Eram boas as chances de cumprir a palavra. Já demonstrava então habilidade com a bola acima da média para uma criança de sua idade.

Para complementar a aposentadoria deixada pelo falecido, Dona Célia dobrou a jornada de trabalho como faxineira no Hospital da Beneficência, conhecido nos circuitos populares como "Caveirão", dada à má qualidade de seus serviços.

A viúva de Valdelino saía para o trabalho bem cedo, marmita à mão. Os filhos desciam do ônibus no ponto em frente à escola. Simão colocava os irmãos mais novos para dentro, dava meia volta e ia "bater bola" no campinho, improvisado em terreno baldio, próximo dali.

Quando, aos doze anos, alcançara a idade necessária para ingressar nas categorias de base de um clube de futebol, apresentou-se para testes de seleção. No Atlético, claro. Data marcada, foi o primeiro a chegar. Trazia um par de chuteiras emprestado, um pouco apertado, "mas servia".

Lembraria para sempre aquele outro domingo de outubro.
– Joga em que posição? – perguntou o auxiliar técnico.
– Nas onze. – respondeu, presunçoso.
O funcionário jogou para ele a camisa com o número 4 e decretou, apontando para um lado do campo:
– Zagueiro!
Concluído o teste, tomou um banho rápido e foi para a secretaria do clube, onde estava a relação dos classificados. Ao ler seu nome na lista, saiu em disparada. Mal podia se conter. Nem teve paciência para esperar o ônibus. Queria dizer à mãe, a quem sempre prometera "tirar da beira do tanque", que em breve cumpriria a promessa. Era, pelo menos já se tinha nesta conta, jogador de futebol.
Agora, seria preparado para ingressar, mais adiante, no "Sub-16", o coletivo de aspirantes aos quadros do elenco profissional. Dera o primeiro passo rumo à glória pretendida.

A boa notícia

A mãe já o aguardava mesmo para prestar esclarecimentos. Sequer pode dar a boa notícia, ao chegar. Ela o tomou pelo braço e aplicou-lhe um corretivo com relho de couro. Foram dez chibatadas contadas. Nem se deu ao trabalho de esclarecer as razões do castigo.
– Ele sabe. – disse aos filhos menores.
Sabia, sim. Eram as notas escolares de final de ano. Contas feitas, havia ficado para as provas de recuperação em sete das oito disciplinas lecionadas aos alunos do sexto ano do ensino fundamental. Bola fora. Tomou ali mesmo

a decisão, cumprida pelo menos até a idade adulta, de nunca mais abrir um livro escolar. Agora, sua escola seria o gramado do pentacampeão Clube Atlético Santacruz.

Veado doido

Há no meio a máxima de que "todo goleiro é veado ou doido". Certo ou errado, o fato é que alguns acumulam: são veados doidos. Ou vice-versa. Era o caso de Lico, o "Pantera", titular daquele histórico time pentacampeão, um metro e noventa centímetros de músculos e agilidade. Licurgo Alvarenga Neto, o Lico, era homossexual, assumido já naquele tempo, quando sua prática era, a rigor, crime prescrito na forma da lei.

Agora, cabelos brancos e ombros arqueados, ninguém reconheceria nele aquela força da natureza, lenda na boemia da cidade, onde enfrentava de peito aberto três, às vezes quatro policiais armados, deixando-os à espera de atendimento hospitalar. Envelhecera por efeito do consumo excessivo de álcool, do qual se libertara tardiamente.

Recuperado, voltaria para o clube, único em sua carreira, para trabalhar como técnico da meninada da "peneira", todos entre doze e catorze anos, a testosterona aflorada em urgência vulcânica. Um aquário aos cuidados de um tubarão.

Lico "dava em cima" do negrinho. No vestiário, a sós com o ele, cobrava o soldo de suas atenções, acolhendo nas mãos enormes o membro vigoroso do moleque. Simão entendia tudo aquilo como parte do acordo que fizera com o destino. Impunha uma restrição, no limite da sua tolerância moral.

– Na boca, não... – pedia, virando o rosto para evitar os beijos do treinador.

Quando se tornara, logo aos quinze anos, um ídolo precoce dos torcedores mais fanáticos, de presença diária nos treinamentos da equipe, Simão negou-se a continuar cedendo aos abusos de Lico, que nenhuma represália mais poderia tentar: o negrinho era intocável, a grande promessa para o futuro do Atlético.

Nove anos depois, Licurgo Alvarenga Neto faleceu na enfermaria do Caveirão, o Hospital da Beneficência. O diagnóstico declarado, "falência múltipla de órgãos", resguardava sua intimidade, mas fora, eis o fato, uma das primeiras vítimas de AIDS no país, doença pouco conhecida até então.

Simão pagou o funeral. Chorou, dizem, quando o esquife desceu ao túmulo, coberto com a bandeira do clube na presença de poucas pessoas.

Pés de barro

Demasiado humano, estímulos à vaidade são cartas fáceis para provocar empatia. Embora torcedor Colorado, arquirrival atleticano, quis conquistar a simpatia do meu entrevistado logo no primeiro encontro. Relembrei passagens memoráveis de sua carreira. Seus olhos brilhavam. Quis com isso, além, claro, de conquistar sua simpatia, levá-lo a perceber que estava lidando com um interlocutor habilitado para confrontar com critério as informações recebidas.

Para a torcida atleticana, Simão era um símbolo de talento e determinação. Ali, diante do homem, além do mito, percebi como se tornara frágil. Era um tipo depressivo. Tinha um sorriso forçado, de pálida expressão. A insônia intermitente acentuava o temperamento imprevisível.

Agia como um estranho dentro de casa, indiferente à educação dos filhos e distante do convívio com a própria esposa. Um solitário, para quem o convívio íntimo seria um desprazer, quando não uma ameaça.

Nas duas vezes em que conversamos pessoalmente, no gabinete da presidência, terceiro andar da Liga Nacional de Futebol, o mais poderoso dirigente esportivo do seu país foi de uma sinceridade desconcertante.

– Eu sei o que você supõe que sabe. Veja lá o que vai dizer. Sou um bom amigo para os meus amigos.

O craque, quando jovem

Tudo parecia ter sido apenas sonho, algo além das condições reais do clube, quando, ainda aos dezenove anos, a torcida atleticana viu seu ídolo transferir-se para o México, onde brilharia como ídolo do América.

Dois campeonatos nacionais e um honroso segundo lugar na copa interclubes das Américas do Norte e Central, e Caribe, quando foi indicado ao prêmio de melhor jogador do torneio, foram suficientes para colocar seu talento acima das condições financeiras dos clubes de futebol do arquipélago. Sua estrela brilharia numa constelação mais alta.

Atuava como médio volante, posição que oferece mais oportunidade de participação no jogo e, assim, de quem a ocupa se exige máxima regularidade. Tocava bem a bola, abrindo espaços na intermediária do campo adversário, preciso nos passes longos e na cobrança de faltas. Armava jogadas de finalização e tinha um chute muito potente.

Era este o "maestro", como ficou conhecido na voz dos locutores esportivos. Eufórica, a torcida entoava, quando assistia ao "maestro" reger mais uma vitória:

Simão! Simão!
Santa campeão!

O ídolo administrava o sucesso. Andava bem vestido e se aplicava nas obrigações, fora do campo. Dentro, era atento e determinado. "Com ele, não tem tempo ruim", comentavam os colegas. Cumprida a promessa com o pai – fora campeão pelo Atlético – cumpriria a outra, com a mãe: tirou Dona Célia do serviço pesado e comprou uma casa para ela com o prêmio da transferência para o México.

"Agora, meu pai já pode descansar", pensou, enquanto assinava o contrato com o América, sob os *flashes* das câmeras e o lamento dos torcedores pelo que parecia ser o fim de um sonho. Mas não seria necessariamente assim.

Cobra criada

No México, longe demais dos cuidados de Dona Célia e muito perto dos laços traiçoeiros da fama, passou a dedicar cada vez mais tempo aos prazeres da noite. Final da primeira temporada, conquistara o carinho da torcida e a confiança do treinador, mas já apresentava sinais de queda em seu rendimento.

Chamado para uma conversa, a comissão técnica lhe mostrou, em números e gráficos, a curva preocupante do seu declínio: redução da distância percorrida, menos desarmes, mais passes e chutes errados e aumento na ocorrência de recursos faltosos.

Aconselhado pelo preparador físico, Sidharta Nuñez, a se dedicar mais ao trabalho, tirando máximo proveito financeiro de uma profissão de curta duração, prometeu mudar de vida. Mas havia uma mulher no meio do caminho.

– Uma cobra criada! – comentava, apreensivo, o coronel Sidharta.

Oito anos mais velha do que Simão, Juliana era o que a gente do meio chama pelo termo depreciativo de "Maria chuteira", usado para classificar mulheres com especial preferência por parceiros de porte atlético e que rondam os campos de futebol, algumas com a intenção deliberada de seduzir atletas, jovens e incautos, de origem modesta, deslumbrados com a fama e inábeis no trato com o dinheiro.

Juliana, modelo de passarela em franco declínio profissional, logo conquistou o coração e a confiança de Simão, passando a "cuidar" também do seu dinheiro.

Usava o acesso à sua conta bancária para investir em pequenos delitos sem o seu conhecimento. Drogas, quase sempre. Concluído o trambique, ficava com sua parte no lucro e devolvia a quantia empenhada à conta bancária do namorado. Ele nem desconfiava.

– Tudo bem, explora, mas não leva o garoto para a farra! – reclamava com ela, em vão, Sidharta, o fisicultor.

Sem acordo. Juliana era uma festa! Apresentou o namorado a uma gente divertida e sem profissão definida. Quando saíam, nas folgas do clube, nunca voltavam antes das três horas da manhã. A morena de olhos verdes e cabelos cacheados, quadris bem soltos, cheirava cocaína no banheiro dos *nightclubs* e voltava para a pista com o nariz entornado.

Simão queria saber:
– Está resfriada?
– Não, meu bem. É esse ar-condicionado.

O caminho de volta

Um ano e meio depois de sua estreia, sentou no banco de reservas do América pela primeira vez e de lá não saiu mais. Foi pior. Um dia, aos doze do segundo tempo, substituiu o titular Sonido, machucado em bola dividida. Entrou em campo para sua última partida pelo clube e apresentou um desempenho, como se tornara frequente, abaixo do razoável. Sorteado para o exame *antidoping* ao final do jogo, o resultado revelou presença de cocaína em sua urina.

Desta vez, Sidharta não se sentiu mais no direito de pedir à diretoria do clube uma nova oportunidade para o meia. Foi dispensado pelo clube, era inevitável, pondo fim à curta carreira internacional. Voltaria para a casa da mãe em Santacruz.

Nas filas de *check-in* e embarque do aeroporto, Simão manteve-se o tempo todo de cabeça baixa, de boné e óculos escuros, para não ser reconhecido – a imagem acabada da vergonha e do fracasso, bem diferente de quando chegara ali, a pouco mais de dois anos, recepcionado pelos torcedores como uma grande promessa. Agora, tudo que pedia era uma viagem curta. Queria apenas deitar a cabeça no colo de dona Célia e chorar.

Volta por cima

Não demorou muito. O ambiente acolhedor da família, o carinho da torcida e a pouca idade, apenas

22 anos, contribuíram para uma rápida recuperação. Se não era mais o mesmo, ainda "sobrava em campo", como diziam, otimistas, os comentaristas esportivos diante de sua recuperação.

Conquistou dois campeonatos nacionais em três anos de boas atuações e, feito capitão da seleção do arquipélago, levou a equipe a uma surpreendente semifinal na Copa Continental, disputada na cidade do México, contra a Jamaica e perderam por diferença de apenas um gol em partida muito disputada.

Tinha brilhado nos sete jogos em que atuou e, naquela tarde, saíra de campo aplaudido de pé pelos torcedores mexicanos que rendiam ali uma homenagem inesquecível ao seu talento e às virtudes que demonstrara possuir no seu processo de recuperação como atleta profissional. Sonhava voltar para o América, quando teria uma nova oportunidade de recomeçar a carreira internacional do ponto onde a interrompera, uma possibilidade muito comentada na imprensa do México durante a copa. Dera a volta por cima.

O sobrevivente

Um acontecimento trágico selou a crença de ter nascido para viver e reviver incessantemente ciclos turbulentos de ascensão e declínio.

– É o meu carma! – dizia Simão, sempre disposto a vencer mais uma, a quem o visitava no apartamento 302 do hospital da Assistência Municipal de Palmeiras.

Retornava de uma festa na madrugada do primeiro dia do ano, quando um ônibus, desgovernado após uma curva mais acentuada, invadiu o lado oposto da pista e pegou de frente o carro em que ele viajava com mais dois amigos. Lançado para fora da pista, virou, bateu e revirou várias vezes até parar a mais de trinta metros da rodovia.

O motorista teve morte fulminante. Outro, socorrido pelos paramédicos do Corpo de Bombeiros, foi internado em estado grave. Sobreviveu ao coma, mas ficaria paralítico. Consideradas as consequências drásticas do acidente sobre o destino de seus amigos, Simão saiu-se melhor. Sentado ao lado direito do banco traseiro, estava na parte do veículo menos afetada pelo impacto. Ainda assim, com oito fraturas, algumas expostas, o ídolo da torcida atleticana estava, por força das sequelas irreversíveis, impossibilitado de voltar a jogar futebol.

Restava definir quem lhe daria a má notícia. Era para já, pois logo a imprensa a estaria divulgando. A comoção geral dos familiares e amigos mais próximos recomendava deixar a tarefa para Ângelo Porto, médico do clube.

– Você ainda teve sorte. – disse Ângelo, sentando-se à beira de seu leito, procurando dar algum alento.

– Doutor, quando eu volto a treinar?

O médico tentou retomar o controle da conversa:

– Você ouviu o que eu disse?

– Sim, mas por que você está me dizendo isso?

– Havia três pessoas no carro. Uma, você já sabe, morreu. A outra vai passar o resto da vida em uma cadeira de rodas. Você vai sair daqui andando!

Simão, que percebera ter sido deixado a sós com o médico, parecia pressentir o sentido da conversa:

– Doutor Ângelo Porto, quando eu voltarei aos treinos?

O médico levantou-se. Deu uma volta na cama. Voltou a sentar-se, agora mais perto. Pegou na sua mão e ficou em silêncio, dando a ele tempo de se preparar para ouvir a resposta.

– Simão, – disse, finalmente – você será sempre um ídolo para a nossa torcida, mas jogar bola... não dá mais.

O "maestro" desviou o olhar em direção à janela. Sentiu a distância inconciliável entre o vazio na alma e a claridade do dia. Entre um e outro era tudo solidão. Fechou os olhos devagar, deixando escorrer uma lágrima lenta e outra, mais rápida, e outra ainda mais, até explodir, em pranto inconformado. Para ele, o jogo acabou.

O médico soltou sua mão sobre o seu próprio peito. Estavam esgotadas as possibilidades das palavras. Saiu para o corredor, onde estavam dona Célia, os irmãos e alguns companheiros do time.

Disse a eles, os olhos marejados:

– Agora é com vocês.

Raposa no galinheiro

– Simão é um patrimônio do clube.

Com a frase de efeito, repetida às câmeras dos telejornais naquela mesma noite, o presidente do Atlético acenava com uma nova função para o ídolo. Três meses depois, ainda cumprindo sessões regulares de fisioterapia, voltava ao clube, agora como supervisor técnico, responsável pela organização geral de seu Departamento de Futebol.

O moço ingênuo, que jurava amor ao clube, queria conhecer o mundo e fazer fortuna, havia ficado para trás. O Simão que agora se levantava do leito hospitalar para recomeçar a vida deixara lá, além do prontuário de um sobrevivente afortunado, as últimas ilusões.

Jogando sem bola, à margem do gramado, construiria uma lenda quase tão grande quanto aquela que fizera dentro de campo, e ainda mais controvertida.

Já não dependeria tanto de seu talento o faturamento do clube. Burocrata, deveria aprender a garantir o sustento da família, agora casado e com filho de colo, desempenhando uma função mal remunerada.

A torcida via, no seu legado, um símbolo, e na sua dedicação ao clube, um exemplo. O "maestro" contava com o patrimônio de sua imagem para seguir adiante, embora nem sempre trabalhasse pelo sucesso do clube que lhe honrava todo mês o salário.

Em pouco tempo, tornou-se um especialista em manipular as paixões e vaidades que movem o futebol em função dos seus interesses particulares. Era o poder oculto do clube. Nenhuma decisão teria repercussão positiva no desempenho do time, caso representasse uma ameaça aos objetivos traçados por ele.

Tinha a confiança da torcida e usava com habilidade a força do "avalista" para assegurar uma vida confortável. Alguns episódios dirão melhor do alcance e eficácia de suas manobras.

Arquivo morto

Simão, o supervisor, tinha contatos. Néri chegara por seu intermédio. O clube precisava de um zagueiro mais alto e experiente. O garoto, egresso do sub-20 para ocupar a posição, não tivera um desempenho à altura da expectativa.

O supervisor tranquilizou o grupo:
– Eu conheço um. Deixa comigo!
Quando ele dizia esse "deixa comigo" aí, firmavam-se duas convicções: ele traria, sim, o jogador; e ficaria com pelo menos dez por cento do valor negociado, incluindo os salários do atleta. Quando chegou, Néri se apressou em agradecer à imprensa o empenho de Simão em contratá-lo.

O supervisor não gostava de deixar vestígios e o advertiu:
– Pare com isso! Nosso acerto ficou para trás. Agora, trate de jogar bem. Meu compromisso é com a "minha" torcida.

Um ano depois, contrato rescindido, Néri tinha três salários em atraso e uma vaga promessa de quitação. Foi jogar na Costa Rica, mas deixou processo judicial aberto contra o ex-clube a cargo do advogado Abner Sidom. Torcedor fanático do arquirrival atleticano, o Colorado, Abner oferecia generoso desconto nos honorários e era especialmente prestativo aos clientes quando o querelado era o Atlético de Santacruz.

Simão telefonou para Abner:
– Venha aqui, quero falar com você.

Abner compareceu ao local indicado. Antes que pudesse sentar e estender-lhe a mão, recebeu do supervisor cópia de um documento. Leu. Nele, Néri assinara um termo de compromisso em que declarava renunciar a seus direitos sobre salários atrasados, caso recebesse a última parcela do prêmio inicial de transferência – as "luvas" – como, de fato, ocorreu.

O supervisor atleticano definiu o quadro:
– Causa perdida, Abner.

Como o advogado conhecia os métodos de Simão, foi logo ao ponto:

– Você some com isso e leva vinte por cento do valor da causa.

Sem olhar para o advogado, fez sinal com as mãos para que subisse o valor de sua participação. Abner recuou:

– Ok! 25 e não se fala mais nisso.

– Pode fechar. – e apontou para o documento. – Diga ao Néri que isto aqui é arquivo morto.

No dia seguinte, dizia aos microfones de rádio:

– O clube defenderá seus direitos, mas honrará os compromissos assumidos.

Era assim. Ganhava todas.

Precisamos perder

Intervalo de jogo, zero a zero. O placar, embora excelente para o Atlético, exasperava Simão. "Não podemos vencer... não podemos!", repetia baixinho o supervisor, retendo a angústia nos lábios, quando entrou apressado na sala da administração do estádio. Pediu para ficar só. Esperou que todos saíssem e ligou para o ramal do vestuário dos árbitros.

Pressionou o juiz:

– Te vira, Joel, te vi-ra! Sei lá, marca um pênalti...

Disse-lhe e não esperou resposta, desligando em seguida. Havia comprado o resultado ao juiz e queria receber o acertado. Em campo, os times não colaboravam. O Atlético ia bem e não dava margem para uma intervenção parcial de Joel, o árbitro.

O time vinha de maus resultados. Na avaliação dele, estava mal escalado e jogando "muito adiantado". O técnico da equipe se recusava a adotar suas sugestões e o clube, a seu ver, partia célere para uma má campanha na Copa Continental, no mês seguinte, quando enfrentaria adversários mais fortes.

Era "agora ou nunca". O supervisor aplicava uma receita clássica: provocar a terceira derrota consecutiva do time, levando a torcida ao desespero. Como a única coisa capaz de acalmar uma torcida é a cabeça do técnico, Simão pagou, sim, mas para perder.

De volta ao vestiário, chamou o goleiro, Ari, para um canto. Ari estava no clube há quatro temporadas. Conhecia a força do supervisor e não o contrariava. Se havia algum dinheiro a ganhar, melhor ainda. Enquanto falava com o goleiro, Simão gesticulava como se comentasse o posicionamento da defesa. A conversa era outra.

Segundo tempo. Aos trinta e nove minutos, quando já quase não havia oportunidade de reação, Joel, sentindo a propina escapar por entre os dedos, marcou uma falta tola, com vantagem de bola, em favor do Aragonez, próximo à área do Atlético. Ari olhou para o banco de reservas de seu time e viu quando o supervisor se levantou e foi acompanhar a jogada próximo ao alambrado. Era a senha para a sua contribuição.

A bola saiu em direção bem colocada, mas não com força suficiente para transpor as atenções do goleiro. Ari fingiu hesitação sobre a trajetória da bola e saiu atrasado. Por garantia, deu apenas um passo curto e saltou. Duas falhas simuladas, uma de reflexo e outra de aproximação. Claro que não chegaria à bola a tempo.

Enquanto os jogadores do Aragonez comemoravam uma vitória que, de início, lhes parecia pouco provável, desciam das arquibancadas clamores da torcida, a exigir uma sumária demissão do técnico. Simão mantinha-se imóvel, de braços cruzados, observando a reação de "sua" torcida. Depois do jogo, no vestiário, anunciava aos microfones de rádio a saída do técnico, já definida ali mesmo pela diretoria.

Bola nossa

Há muito, ele vinha tecendo, paciente, a teia de sustentação para o salto definitivo que daria em sua carreira como dirigente esportivo. Aproximava-se dos clubes menores, sempre carentes de uma maior atenção. Logo encontrou um objetivo comum. Estava bem encaminhado, no Parlamento, um projeto prevendo instituir uma loteria esportiva no país com o objetivo declarado de fortalecer os clubes.

Uniu-se à causa dos pequenos, colocando a sua popularidade a serviço de seu *lobby*. Atraía boa atenção da mídia em suas visitas regulares aos gabinetes parlamentares do arquipélago, quando buscava apoio para as medidas que protegeriam os clubes pequenos no projeto da loteria.

Pretensões atendidas, os pequenos, cujos votos somados formavam franca maioria na Federação Nacional de Futebol, pagaram a fatura elegendo-o como o novo presidente da entidade. Chegara ao cargo com o compromisso de ampliar o número de clubes participantes no campeonato nacional, uma proposta danosa à sustentabilidade financeira da competição, mas pouco importava: a isso chamava "custos". Tinha planos para o futuro cujos benefícios, segundo ele, justificariam a medida.

Jogo fácil

Começou a faturar pesado, agora. A quadrilha, chefiada a partir do gabinete da presidência da entidade desportiva, tinha por objetivo obter participação fraudulenta na venda de ingressos. O negócio seria instalado em três frentes operacionais: compra antecipada para venda por intermédios de cambistas, impressão de bilhetes falsos e revenda de originais.

O esquema de compra antecipada de um volume de ingressos acima do permitido pelas normas da federação era restrito. Só poderia, é claro, ser acionado em dia de grandes jogos, quando a procura excedia ao número de lugares disponíveis no estádio. Garantiam o monopólio da operação com a adesão dos fiscais indicados para a fiscalização da atividade. Estes reconheciam os cambistas autorizados pela quadrilha, dando a eles tranquilidade para o exercício da função, restringindo a ação de cambistas avulsos com o rigor da lei, denunciando-os à autoridade policial. O responsável direto pelas operações era o diretor financeiro da entidade. Entregava o lote e recolhia o dinheiro.

Já a venda de ingressos falsos era mais frequente, porém aplicada apenas em jogos de maior renda, que permitiam, mediante uma modesta participação percentual, margem de lucro razoável para o investimento aplicado. Tratava-se de um esquema exclusivo, para os jogos locais, cujos ingressos oficiais eram fabricados com deliberada má qualidade na impressão, dificultando a verificação de autenticidade. Jogos de competições internacionais, sob gestão direta da federação continental, traziam nos bilhetes recursos sofisticados, como marcas de impressão à prova de falsificação em um espaço de tempo tão breve, uma vez que os lotes chegavam ao local do jogo, por medidas preventivas, no prazo médio de 48 horas antes da partida.

O esquema mais rentável era a revenda de ingressos originais. Estes, entravam mais de uma vez nas urnas de recolhimento manual e exigiam a participação do funcionário escalado para recolher os ingressos nas urnas espalhadas pelos diversos portões de acesso do estádio. O risco era reduzido porque eram "trabalhados" ingressos de impressão original. Mas tudo isso era apenas o começo.

Jogo sujo

Não havia tempo a perder. Eleito com a força dos pequenos, mas tendo já retribuído o apoio com a plena quitação dos compromissos firmados, logo o presidente da FNF se recompôs com os grandes, fonte duradoura do poder, aqueles três clubes sustentados por mais de oitenta por cento de toda a massa torcedora – "meus clientes", dizia agora Simão – responsáveis pelos rendimentos decisivos do negócio.

Dava a eles o que pediam: vantagens na formulação das tabelas de jogos, transferências irregulares de atletas, adulteração de documentos, proteção do quadro de árbitros – "na dúvida, aos maiores", recomendava aos juízes – e informações confidenciais sobre as escalas de exames *antidoping*.

Todos, grandes e pequenos clubes, por fim atendidos, tratou de organizar sua principal fonte de lucros.

Abriu uma cota de participação para um homem de sua confiança, Juarez Galvão, escolhido a dedo para coordenar o Departamento de Arbitragem da FNF, posto estratégico para o bom êxito das operações. Com ele, montou o esquema. Juarez sempre escalava para as disputas mais equilibradas, de resultados menos previsíveis, o pequeno grupo de árbitros de sua confiança, comprometidos com os objetivos do esquema.

Aquele grupo de juízes condicionava os escores dos jogos de modo a produzir resultados semelhantes aos marcados por Simão Lima em suas apostas na Loteria Esportiva, reservando a marcação de palpites múltiplos para aquelas partidas em que eram grandes as chances de resultados mais compatíveis com o franco desequilíbrio no desempenho médio dos times em disputa.

Bola na rede. Simão perdeu a conta das vezes em que teve suas apostas premiadas. O futebol, definido pelos comentaristas esportivos como uma "caixinha de surpresas", não era, para ele, tão imprevisível assim.

Alegria do povo

Não havia limites diante das oportunidades oferecidas. O presidente da FNF tinha em mãos um produto ainda mais rentável, embalado por uma vistosa camisa amarela com detalhes em vermelho, calções vermelhos e meias amarelas: a seleção nacional de futebol, cuja marca, inspirada nas formas de uma espécie de peixe-espada, abundante na região, era o ícone de maior reconhecimento público e empatia com as massas do arquipélago.

– Esse peixinho é a minha isca. – repetia, acariciando o bordado no uniforme oficial da seleção. – Com ele, vou pegar muito tubarão!

Dito e feito. Trouxe para o arquipélago a assessoria de uma empresa norte-americana de currículo adornado por serviços prestados à prestigiada NBA. Com as recomendações da consultoria, montou o suporte de um esquema comercial para financiar as atividades da seleção nacional, aplicando as práticas consagradas do *marketing* esportivo.

Aeroméxico, Coca-Cola, Mastercard – grandes marcas, convidadas para uma associação positiva com a imagem da seleção de futebol, negociavam com a FNF por meio da *Sportline*, empresa privada, contratada para cuidar dos negócios de interesse da federação mediante um rumoroso processo de seleção.

Nada passaria ao largo dos tentáculos do presidente da FNF. A *Sportline* tinha, como principal executivo, o irmão mais novo de Simão, Cláudio Medina, motivo de contestação na parcela mais independente da imprensa.

– O Cláudio – justificava ele às câmeras dos telejornais com simulada boa vontade – trabalhou comigo na federação e conhece a fundo a entidade. É natural que a sua empresa tenha oferecido a melhor proposta.

O que ele não dava provas de boa vontade em explicar era o motivo pelo qual decidiu modificar o estatuto da entidade, permitindo que uma empresa dirigida por parente em primeiro grau de um membro da diretoria pudesse prestar serviços a essa mesma entidade. Mas, aí, já é exigir demais de quem reagia a qualquer insinuação de corrupção na sua gestão com primor republicano:

– A federação é um ente de direito privado. Vão investigar o Banco Central!
Ou outra, demagógica, quando a coisa apertava mais:
– Vocês querem acabar com a alegria do nosso povo? Não dá para competir.

A cicatriz da vitória

Estava sentado numa poltrona, de costas para a porta, conferindo alguns papéis. Ouviu quando a secretária entrou, a passos rápidos e de salto alto, conduzindo-me até ele.

Sem tirar os olhos dos documentos, adiantou-se.

– Entre, Lino. Vamos conversar.

A secretária indicou-me uma poltrona ao lado, separada dele por uma mesinha, e retirou-se. Um copeiro trouxe uma bandeja de chá e biscoitos. Era amplo o gabinete, e de aspecto austero. Madeira escura nos móveis e nas estantes que, de alto a baixo da parede, exibiam troféus bem polidos e poucos livros. Piso de tábuas corridas, mobília básica. Tudo muito funcional e sem ostentação.

– Quer chá? – ofereceu, tirando os óculos e deixando os papéis no chão, ao lado da poltrona.

Serviu-me, antes mesmo que lhe respondesse, e cuidou de aquecer a conversa com um assunto alheio ao propósito de nosso encontro, mas que, tinha certeza, me interessaria comentar, expressando o seu entusiasmo com as atuações da seleção brasileira de futebol. Estávamos em 1982. Na Espanha, era Copa do Mundo. Comentamos o trivial: lances originais, aspectos táticos. Ao concluir, demonstrou perícia de observador experiente.

– Mas é um time romântico. Não vai até o fim.
– Aquele time é imbatível. – reagi.
Ele riu, descolado:
– Não leva...você vai ver!
Deixou a xícara sobre a mesa. Limpou a ponta dos dedos com um guardanapo e adiantou-se:
– Muito bem. Vamos nós!
Comecei pelo tema que me parecia central na vida de um profissional da popularidade:
– Falemos de sucesso.
– É um bom começo! – animou-se.
– O que isto significa para você?
Pousou a xícara sobre a mesa e disse:
– Sucesso, todo mundo quer, mas o sucesso já acabou com muita gente.
– Por que, a seu ver, isso ocorre tão frequentemente? busquei o registro de sua experiência.
– Chegar lá não é o mais difícil. O público está sempre ávido por novidades. As pessoas passam. É preciso repor as peças, mas cada etapa da escalada tem suas próprias exigências e é preciso saber reconhecê-las. Para se manter no topo, talento só, não basta! Tem que ter juízo.
Pedi que fosse mais específico:
– Qual erro é o mais comum?
– A presunção! – disse, de pronto, e explicou: – Julgar-se capaz de adaptar as leis do sucesso às suas conveniências. Os que tentaram, foram facilmente descartados.
Arrisquei uma pergunta de almanaque:
– Qual o primeiro conselho que você daria para quem está começando?
– Quer chegar ao topo? Rasteje!

– Submissão?
– Se preciso for. Não ameace os que estão acima de você: eles lhe cortarão a cabeça. Vença-os sem que percebam. Curve-se o mais que puder, quanto mais perto estiver de derrotá-los.

À parte considerações de ordem ética, eram, pensei, recomendações de eficácia comprovada à mais apressada observação da realidade.

Concluiu:
– O certo é que, uma vez lá, ninguém aceita descer.
– E o que lhe parece mais prejudicial ao êxito?

Simão deu à conversa um tom mais pessoal:
– A Paixão. Quando olho para trás, me dou conta de que tudo de que me arrependo tem uma maldição em comum: fiz movido pela paixão.

Falara de si. "Abriu a guarda", pensei, e tratei de explorar o flanco aberto:
– O que mais o ajudou a chegar aonde chegou?
– Eu fracassei muito cedo. Levo essa vantagem sobre os outros.
– Que vantagem há em fracassar?
– A derrota é um mestre, quando você aceita reconhecer as causas.

Mexi mais fundo:
– Qual foi sua maior derrota?
– Foi uma homenagem que me prestaram. Aquilo foi uma humilhação!

Humilhado por uma homenagem. Pedi detalhes:
– Você sabe, eu tinha apenas trinta anos, quando botaram meu nome no campo do clube. Ali, me dei conta de que tinha ficado velho cedo demais. Fui para casa, chorei muito.

A homenagem se deu quando o acidente interrompeu sua carreira de atleta. Vi chegar o momento de tocar no assunto:

– Como você superou aquela frustração?

– O que é frustração? – ele mesmo respondeu: – É quando aquilo que te falta ocupa mais espaço dentro de ti do que tudo que tu tens.

– E como foi lidar com tudo isso?

– Vamos ser francos: há perdas irreparáveis. Mas tudo depende muito do significado que você dá para os acontecimentos.

Parou, esperando uma pergunta. Fiz a única disponível:

– Como assim?

– Diante de uma fatalidade, todos se perguntam: "Mas por que logo eu?". Mas você também pode perguntar: "E por que não eu?".

– Muda tudo? – reagi, incrédulo.

– Muda o suficiente para você seguir em frente sem perder a capacidade de realizar uma porção de coisas e extrair satisfação de todas elas.

O Simão que surgia à minha frente não denunciava o malandro escolado que, de fato, era. Questionado em aspectos cruciais de sua existência, não negava o homem cético, pragmático e ambicioso, atributos que a percepção média das pessoas associava à sua personalidade, mas revelava-se, ainda, provido de uma alma intensamente provocada na sua humanidade e que soubera encontrar as saídas para a afirmação de seu talento.

Passei a dirigir a conversa para o caráter de seus atos públicos, em que seria mais pesado o seu esforço de racionalização autoindulgente.

– Qual verdade você tem medo de dizer?
– Quase todas. A verdade desagrega. Só deve ser usada em doses moderadas.
Provoquei:
– Mentir bem é, também, um atributo favorável ao sucesso?
– Sem dúvida. Dos mais recomendáveis.
Reagi no limite da cortesia:
– Mas, desculpe, isso é amoral!
– É uma verdade estatística: há mais fracassados entre os sinceros do que entre os hipócritas.
– Isso é correto?
– Mas não estávamos, pelo menos até agora, falando em virtude. O assunto que você colocou foi o sucesso. As duas coisas não se acompanham com assiduidade.
Insisti na perspectiva ética:
– Mas você não acha que esta cultura de amoralidade no trato público é uma coluna de sustentação do atraso social e econômico deste país?
Manteve-se irredutível:
– Lino, dinheiro é o melhor argumento em qualquer idioma!
– Você não teme os inimigos?
– A maioria, não. Eu os faço saber o que eu sei sobre eles. Sempre funciona!
– E você, não tem medo de ser preso?
Sorriu, desafiador, e devolveu a pergunta:
– Como serei preso, se não prejudico os ricos e os pobres gostam de mim?
– Gostam de tudo que você faz?
– Nada faço além do que qualquer um deles faria no meu lugar.

– Tem certeza disso?
– É o que eu sinto nas ruas. Eu ando nas ruas, Lino!
Refiz a pergunta:
– Você acha que o povo aprova tudo que você faz?
Foi sutil:
– Não digo que aprova, mas ele se reconhece nas minhas circunstâncias.
Tinha já um bom material. Melhor, muito melhor do que imaginara colher. Fiz uma provocação final para esgotar o assunto.
– E os ricos, eles gostam de você?
– Toleram. Faço seus operários voltarem para as fábricas mais contentes na segunda-feira e eles me poupam dos aborrecimentos que alguns jornalistas, como você, gostariam de me proporcionar.

Dando um tempo

Quando saiu da clínica, onde se internara para uma terapia de desintoxicação, Ana se esforçava para seguir a prescrição do psiquiatra, de se manter longe dos cultos comunitários – acampamentos ao ar livre, concertos de rock a céu aberto – e, principalmente, dos amigos de Portobello. Enfim, das drogas.

– Tô dando um tempo... repetia, quando lhe ofereciam uma "pedra" ou uma colher aquecida de heroína.

No outono daquele ano, transferiu-se para Paris, logo depois que a mãe e o irmão retornaram a Santacruz, e lá passou a se dedicar com mais afinco aos estudos, supervisionada pelo pegajoso Michel Ponty, o professor, a quem não pretendo mais denegrir, apaixonado em vão pela aluna antilhana.

Ana Rita perdera, desde quando fora violentada na prisão, a capacidade emocional de se submeter – o termo é próprio para a sensação presumida – a uma penetração fálica. O frio, nos meses finais do ano, quando a afeição do abraço se torna uma determinação, a levou a explorar outras possibilidades, com um envolvimento homossexual passageiro, não suficiente para perdurar como uma opção definitiva. Estava "dando um tempo" disso também.

Foi numa viagem de dois meses pelo Leste europeu, à época vivendo o apogeu da Guerra Fria, que ela conheceu, em Kiev, um jovem dois anos mais novo e bem menos entusiasmado que ela com as vantagens comparativas da ditadura do proletariado. Apaixonaram-se. Com os contatos de Ana, o ucraniano conseguiu sair do país e foi com ela viver na "cidade das luzes". Moravam num apartamento de segundo piso na Rue Copernic, bem próximo à estação Victor Hugo.

Karl foi poupado do tipo de trabalho reservado aos imigrantes. Como era bonito demais para descascar batatas, entrou para o mundo da moda. Foi Sophie, produtora de estúdio fotográfico e amiga de sua namorada, quem cuidou de tudo. Sophie prestava serviço para revistas especializadas e casas de costura e, portanto, não encontrou dificuldades em conseguir alguns arranjos para Karl. Deu curso à formação do rapaz, produzia fotos e distribuía entre os clientes.

Enquanto cumpria o doutorado, Ana passou a acompanhar com interesse as teses do eurocomunismo, novidade professada pelos marxistas italianos. Era um interesse intelectual extensivo aos estudos do curso, quando mergulhou nas ideias de Gramsci em seu período de cárcere e quase mata de paixão o melancólico professor Michel Ponty, a quem, insisto, não quero denegrir, mas agia, sim, como um triste, já que isso o fazia aparentar mais sábio e consequente.

Só recentemente Ana voltara para o arquipélago, estribada em um novo acordo entre o regime e a família influente. Como não chegara a ser condenada, sequer teve curso final o seu processo, não havia contra ela ordem de prisão. Mas voltou só. O jovem Karl, segundo ela, "era belo demais para deixar Paris".

**Este projeto é apoiado pela Secretaria
de Cultura do Estado do Ceará
(Lei nº 13.811, de 20 de agosto de 2006).**

Impresso em São Paulo, SP, em dezembro de 2009,
com miolo em off-set 75 g/m^2,
nas oficinas da Corprint.
Composto em Chaparral Pro, corpo 12 pt.

Não encontrando esta obra nas livrarias,
solicite-a diretamente à editora.

Escrituras Editora e Distribuidora de Livros Ltda.
Rua Maestro Callia, 123
Vila Mariana – São Paulo, SP – 04012-100
Tel.: (11) 5904-4499 – Fax.: (11) 5904-4495
escrituras@escrituras.com.br
vendas@escrituras.com.br
imprensa@escrituras.com.br
www.escrituras.com.br